U0897324

中华农业文明研究院文库·中国农业遗产研究丛书

# 单人耘

# 咏农诗词三百首

单人耘／著

王思明　马万明　宗良纲　梁治国　整理

中国农业科学技术出版社

图书在版编目(CIP)数据

单人耘咏农诗词三百首 / 单人耘著；王思明等整理.
—北京：中国农业科学技术出版社，2015.5
ISBN978-7-5116-1996-9

Ⅰ.①单… Ⅱ.①单… ②王… Ⅲ.①诗词－作品集－中国－当代 Ⅳ.① I227

中国版本图书馆 CIP 数据核字（2015）第 031414 号

责任编辑 朱 绯
责任校对 马广洋

出 版 者 中国农业科学技术出版社
北京市中关村南大街 12 号 邮编：100081
电 话 （010）82106626（编辑室）（010）82109702（发行部）
（010）82109709（读者服务部）
传 真 （010）82106626
网 址 http：//www.castp.cn
经 销 者 各地新华书店
印 刷 者 北京富泰印刷有限责任公司
开 本 850mm × 1168mm 1 /32
印 张 8.75
字 数 168 千字
版 次 2015 年 5 月第 1 版 2015 年 5 月第 1 次印刷
定 价 48.00 元

知農愛農

學農興農

一九九一年三月 單人耘於卫崗

# 单人耘简介

单人耘，字子西，号散虹、耘者。1926年生，南京江浦人。1951年毕业于金陵大学农学院农业经济系。现为江苏省文史研究馆馆员，南京农业大学“国家大学生文化素质教育基地”兼职教授，中华农业文明研究院研究员，九三学社社员。系中国农业历史学会会员，中华诗词学会

会员，中国楹联学会会员，江苏省书法家协会会员，林散之研究会理事，江苏诗词学会、《江海诗词》顾问。

单先生自幼师从林散之先生学画学诗，深受濡染。山水画师宗黄宾虹。学词于南京大学吴白匋教授，所作颇多新意。其诗书画参赛并多次获得国家级大奖，因其有师承、有造诣、有爱国爱农之蕴涵。中国美术家协会理论委员会副主任、江苏省文艺评论家协会副主席、原江苏省美术馆副馆长马鸿增先生以“能承传黄宾虹、林散之两贤达的德、诗、书、画‘四清’的高人”目之。

1997年，中华书局出版单人耘诗词选集《一勺吟》(999首)。其13岁、15岁所作《战马咏》、《农夫》等诗已被刊入浦口桥林中心小学《石碛文韵》，作为小学生乡土教材，以“宣教今世，陶育后人”。浦口政协、同乡诗友因之编写《单人耘诗词选读》(160首)，南京农业大学将此书列为“大学生文化素质教育丛书”。2010年11月，中央电视台书画频道播出其专题《一勺蕴大千》。由国务院参事室主管、中央文史研究馆主编的国家艺术类大型专业期刊《中华书画家》杂志，2010年第12期“当代名家”栏目专题介绍其书画艺术。2011年，南京农业大学图书馆开展“腹有诗书气自华”读书活动，邀请单先生做了《读书、写作、作画——我的诗书画人生》及《文理融通，素质含章》两次讲座，国家“863”计划中国数字图书馆示范工程“超星学者视频”摄此录入“知名学者学术专题片”，推向社会，推向国际。2014 年 7 月，南京农业大学为更好地弘扬中华文化传统，彰显百年老校深厚文化底蕴，秉承校训“诚朴勤仁”的精神品质，激励师生甘当学农兴农先锋，决定筹建长期的“单人耘诗书画展览室”，以供大学生们研读。

# 《中华农业文明研究院文库》编委会

# 《中国农业遗产研究丛书》编委会

# 关于《中华农业文明研究院文库》

中国有上万年农业发展历史，但对农业历史进行有组织的整理和研究的时间却不长，大致始于20世纪20年代。1920年，金陵大学建立农业图书研究部，启动中国古代农业资料的收集、整理和研究工程。同年，中国农史事业的开拓者之一——万国鼎（1897—1963年）先生从金陵大学毕业留校工作，发表了第一篇农史学术论文《中国蚕业史》。1924年，万国鼎先生就任金陵大学农业图书研究部主任，亲自主持《先农集成》等农业历史资料的整理与研究工作。1932年，金陵大学改农业图书研究部为金陵大学农经系农业历史组，农史工作从单纯的资料整理和研究向科学普及和人才培养拓展，万国鼎先生亲自主讲"中国农业史"和"中国田制史"等课程，农业历史的研究受到了更为广泛的关注。1955年，在周恩来总理的亲自关心和支持下，农业部批准建立由中国农业科学院和南京农学院双

重领导的中国农业遗产研究室，万国鼎先生被任命为主任。在万先生的带领下，南京农业大学中国农业历史的研究工作发展迅速，硕果累累，成为国内公认、享誉国际的中国农业历史研究中心。2001年，南京农业大学在相关学科力量进一步整合的基础上组建了中华农业文明研究院。中华农业文明研究院承继了自金陵大学农业图书研究部创建以来的学术资源和学术传统，这就是研究院将1920年作为院庆起点的重要原因。

80余年风雨征程，80春秋耕耘不辍，中华农业文明研究院在几代学人的辛勤努力下取得了令人瞩目的成就，发展成为一个特色鲜明、实力雄厚的以农业历史文化为优势的文科研究机构。研究院目前拥有科学技术史一级学科博士后流动站、科学技术史一级学科博士学位授权点，科学技术史、科学技术哲学、专门史、社会学、经济法学和旅游管理等7个硕士学位授权点。除此之外，中华农业文明研究院还编辑出版国家核心期刊、中国农业历史学会会刊《中国农史》；创建了中国高校第一个中华农业文明博物馆；先后投入300多万元开展中国农业遗产数字化的研究工作，建成了“中国农业遗产信息平台”和“中华农业文明网”；承担着中国科学技术史学会农学史专业委员会、江苏省农史研究会、中国农业历史学会畜牧兽医史专业委员会等学术机构的组织和管理工作；形成了农业历史科学研究、人才培养、学术交流、信息收集和传播展示“五位一体”的发展格局。万国鼎先生毕生倡导和为之奋斗的事业正在进一步发扬光大。

中华农业文明研究院有着整理和编辑学术著作的优良传统。早在金陵大学时期，农业历史研究组就搜集和整理了《先农集成》456册。1956—1959年，在万国鼎先生的组织领导下，遗产室派专人分赴全国40多个大中城市、100多个文史单位，收集了1 500多万字的资料，整理成《中国农史资料续编》157册，共计4 000多万字。20世纪60年代初，又组织人力，从全国各有关单位收藏的8 000多部地方志中摘抄了3 600多万字的农史资料，分辑成《地方志综合资料》、《地方志分类资料》及《地方志物产》共689册。在这些宝贵资料的基础上，遗产室陆续出版了《中国农学遗产选集》稻、麦、粮食作物、棉、麻、豆类、油料作物和柑橘等八大专辑，《农业遗产研究集刊》、《农史研究集刊》等，撰写了《中国农学史》等重要学术著作，为学术研究工作提供了极大的便利，受到国内外农史学人的广泛赞誉。

为了进一步提升科学研究工作的水平，加强农史专门人才的培养，2005年85周年院庆之际，研究院启动了《中华农业文明研究院文库》（以下简称《文库》）。《文库》推出的第一本书即《万国鼎文集》，以缅怀中国农史事业的

主要开拓者和奠基人万国鼎先生的丰功伟绩。《文库》主要以中华农业文明研究院科学研究工作为依托，以学术专著为主，也包括部分经过整理的、有重要参考价值的学术资料。《文库》启动初期，主要著述将集中在三个方面，形成三个系列，即《中国近现代农业史丛书》、《中国农业遗产研究丛书》和《中国作物史研究丛书》。这也是今后相当长一段时间内，研究院科学研究工作的主要方向。我们希望研究院同仁的工作对前辈的工作既有所继承，又有所发展。希望他们更多地关注经济与社会发展，而不是就历史而谈历史，就技术而言技术。万国鼎先生就倡导我们，做学术研究时要将“学理之研究、现实之调查、历史之探讨”结合起来。研究农业历史，眼光不能仅仅局限于农业内部，还要关注农业发展与社会变迁的关系、农业发展与经济变迁的关系、农业发展与环境变迁的关系、农业发展与文化变迁的关系，为今天中国农业与农村的健康发展提供历史借鉴。

王思明

2007 年 11 月 18 日

# 《中国农业遗产研究丛书》序

农业虽有上万年的历史，但在社会经济以农业为主导，社会文明以农耕为特色的农业社会，农业是主流生产和生活方式，农业不可能作为文化遗产来被关注。农业作为文化遗产受到关注始于社会经济和技术发生历史性转变之际——工业社会取代农业社会、工业文明取代农业文明、现代农业取代传统农业的背景之下。

正因如此，50多年前，当中国农业科学院·南京农学院创建农业历史专门研究机构时，将之命名为“中国农业遗产研究室”，西北农学院将之命名为“古农学研究室”。

很长一段时间，中国农业遗产的研究侧重于农业历史，尤其是古代农业文献的研究。农业历史与农业遗产在研究内容上有广泛的交集，但并不完全一致。因为历史是一个时间概念，其内涵更加宽泛，绝大多数农业遗产都属农业历史的研究对象，但许多农业历史的内容却谈不上是农业遗产。这是由遗产的性质和特征所决定的。

在遗产保护方面，人们最早关注的是自然遗产和有形文化遗产。20世纪末，国际社会开始关注口传和非物质文化遗产。在这种背景下，农业文化遗产的保护工作逐渐进入人们的视野。2002年，联合国粮农组织（FAO）启动“全球重要农业文化遗产”项目（GIAHS）。

但FAO关于农业遗产的定义是为项目选择而设定的（农村与其所处环境长期协同进化和动态适应下所形成的独特的土地利用系统和农业景观，它要具有丰富的生物，而且可以满足当地社会经济与文化发展的需要，有利于促进区域可持续发展）。而实际上，农业文化遗产的内涵比这丰富得多。《世界遗产名录》分为“文化遗产”、“自然遗产”、“文化与自然双重遗产”、“文化景观遗产”和“口传与非物质文化遗产”5个类别。如果依据这个标准判断，农业遗产实际包含除单纯“自然遗产”外所有其他文化遗产门类。

农业遗产是人类文化遗产的重要组成部分，它是历史时期，与人类农事活动密切相关、有留存价值和意义的物质（tangible）与非物质（intangible）遗存的综合体系。它包括农业遗址、农业物种、农业工程、农业景观、农业聚落、农业工具、农业技术、农业文献、农业特产和农业民俗10个方面的文化遗产。

中国的农业遗产研究始于20世纪初期，大体经历了4

个发展阶段。

### 1. 20世纪初至1954年

1920年，金陵大学建立农业图书部，1932年又创建农史研究室，在万国鼎先生的倡导下开始系统搜集和整理中国农业遗产。他们历时10年，从浩如烟海的农业古籍资料中，搜集整理了3 700多万字的农史资料，分类辑成《中国农史资料》456册。

### 2. 1954年至1965年

1954年4月，农业部在北京召开“整理祖国农业遗产座谈会”。不久，在国务院农林办公室和农业部的支持下，在原金陵大学农业遗产整理工作的基础上成立中国农业科学院•南京农学院中国农业遗产研究室，万国鼎被任命为主任。与此同时，西北农学院成立古农学研究室，北京农学院、华南农学院也相继建立了研究机构，逐渐形成了以“东万（万国鼎）、西石（石声汉）、南梁（梁家勉）、北王（王毓瑚）”为代表的中国农业遗产研究的4个基地。

### 3. 1966年至1977年

由于“文化大革命”的缘故，本时期农业遗产研究专门机构被撤并，研究工作大多陷于停顿。

### 4. 1978年至今

改革开放以后，科研工作逐步恢复正常。不仅“文化大革命”前建立的农业遗产研究机构陆续恢复，一些新的农史研究机构也陆续建立，如中国农业博物馆研究所、农业部农村经济研究中心当代农史研究室、江西省农业考古研究中心，等等。1984年，中国农业历史学会在郑州宣告成立，广东、河南、陕西、江苏等省还组建了省级农业史研究会。农业史专门研究刊物也陆续面世，如《中国农史》、《农业考古》、《古今农业》等。

在农业遗产专门人才培养方面，1981年，南京农学院、西北农学院、华南农学院、北京农业大学等被国务院批准具有农业史硕士学位授予权。1986年，南京农业大学被批准具有博士学位授予权；1992年，被授权为农业史博士后流动站。西北农林科技大学在农业经济管理学科设有农业史博士专业；华南农业大学在作物学专业设有农业史博士方向。具有农业史硕士学位授予权的高校还有中国农业大学、云南农业大学等。

过去几十年，中国农业遗产的研究在工作重心上发生过几次重要的变化。

**1. 从致力于古农书校注和技术史研究向农业史综合研究和农业生态环境史研究转变**

农业古籍是先人留给我们的宝贵遗产。经过万国鼎、王毓瑚、石声汉等前辈们的艰辛努力，摸清了中国农业遗产的“家底”，相继整理出版了《中国农学史》（上）、《中国农学书录》、《氾胜之书》、《齐民要术校释》、《四民月令辑释》、《四时纂要校释》和《农桑经校注》等专著，为后来研究的开展奠定了坚实的基础。

改革开放以后，农业遗产的研究重心出现了新的变化，逐渐由古农书的校注解读向农业科技史、农业经济史和农业生态环境史转变。本时期农业遗产研究有两项大的工程：一是《中国农业科学技术史稿》（国家科技进步三等奖）；二是《中国农业通史》（十卷，目前已出版5卷）。

**2. 从单纯依托纸质历史文献研究向结合实物的考古学和民族学研究拓展**

20世纪70年代，裴李岗、磁山、河姆渡等遗址陆续发掘，随之出土了大量农具、作物、牲畜骨骸等农业遗存，农业遗产学者开始有意识的把考古发现运用到农业起源的研究中。

游修龄、李根蟠、陈文华等先生很早就注重这方面的研究，发表了不少相关研究报告和论文，考古学者涉足农史研究者则更多。1978年，陈文华在江西省博物馆组织举办了“中国古代农业科技成就展览”，后来又创办了《农业考古》杂志，对该学科方向的发展起到了积极的推动作用。

**3. 从单纯依赖历史文献学研究方法向借鉴多学科研究方法，特别是信息科技研究手段的变化**

一方面，中国现存农业资料和历史文献浩如烟海，而且古籍在翻阅或利用过程中不可避免的发生损坏或丢失现象，不利于其本身的保护。另一方面，很多农业古籍被各家图书馆及科研单位视若珍宝，一般不能借阅，其传播和查询、阅览也受到诸多限制，影响了农业遗产研究的进一步深入和发展。

有鉴于此，近年来，国内农业遗产研究机构在将农遗资料与信息技术结合方面陆续进行了一些有益的尝试。2005年，在国家科技部专项资助下，中华农业文明研究院启动了中国农业古籍数字化工作，并制作完成了一批中国农业古籍学术光盘，17种800多卷。2006—2008年，中华农业文明研究院又陆续建设了“中国传统农业科技数据库”、“中国近代农业数据库”、“农史研究论文全文数据库”等农业遗产数据库，并创建了“中国农业遗产信息平台”。《中华大典·农业典》开始尝试开发和利用古籍电子资源进行编纂，相关数据库和应用软件基本研制成功；中华农业文明研究院也充分利用自己开发的各种数据库进行科学研究工作，尤其是《清史·农业志·清代农业经济与科技资料长编》6卷的编纂工作。一些以农业遗产为主题文化网站也相继创立，如南京农业大学中华农业文明研究院创办的“中华农业文明网”、中国科学院自然科学史研究所曾雄生创办的“中国农业历史与文化”、中国社会科学院经济研究所李根蟠先生创办的国学网“中国经济史论坛”，等等。

**4. 从原来静止不变的农业遗产资料的研究向活体、原生态农业遗产研究和保护的转变**

活体、原生态农业也是农业遗产的一个重要组成部分。中国是一个农业大国，拥有悠久的农业历史和灿烂的农业文化。在漫长的发展过程中，中国农民积累了丰富的农业生产知识和经验，创造了许许多多具有民族特色、区域特色并且与生态环境和谐发展的传统农业系统：桑基鱼塘系统、果基鱼塘系统、稻作梯田系统、稻鱼共生系统、稻鸭共生系统、旱地农业灌溉系统、粮草互养系统，等等。这些珍贵的文化遗产具有很高的科学价值和现实意义。

早在2000年，皖南乡村民居和四川都江堰水利枢纽工程就被联合国教科文组织列入《世界文化遗产名录》。近年来，在联合国粮农组织的倡导下，尤其是中国科学院自然与文化遗产研究中心的积极推动下，在这方面已经取得了长足的进展。2005年，浙江青田“稻鱼共生系统”被FAO列为首批全球重要农业文化遗产试点，2010年，云南红河“哈尼稻作梯田系统”和江西万年“稻作文化系统”也被列为试点。2011年6月10日，贵州从江“侗乡稻鱼鸭系统”成为中国第4处全球重要农业文化遗产保护试点。

注重动静相宜、科普与科研相结合的各种农业博物馆也相继成立，中国的农业遗产研究开始走出象牙塔，迈向社会。

1983年，在农业部的支持下，中国农业博物馆建立，开始大规模征集与古代和近代农业相关的文物，并成为全国科普教育基地。2004年，南京农业大学创办了中国高校第一个集教学、科研和科普为一体的中华农业文明博物馆。目前也是国家科普教育基地。2006年，西北农林科技大学博览园建成，一共设有5个馆，其中就有农业历史博物馆。各地关于农具、茶叶、蚕桑等专题博物馆则多达几十家。

应该说，截至目前，除了古农书的整理与研究，中国农业遗产的很多其他工作都仅仅是刚刚起步，例如，全国农业文化遗产的类型、数量、分布及保护情况，农业文化遗产保护相关理论、方法与途径等。哪些亟待保护？如何保护？如何实现社会、经济、文化和生态价值的平衡？所有这些问题都需要认真研究和探讨，需要多学科的协作和多方面的共同努力。2010年和2011年，中国农业科学院、中国农业历史学会和南京农业大学中华农业文明研究院在南京陆续举办了两届“中国农业文化遗产保护论坛”，集合政府、学术界和遗产保护地多方面的经验和智慧，探讨中国农业文化遗产保护中亟待解决的理论和实际问题。也是出于这些考虑，中华农业文明研究院决定继承原来编纂《中国农业遗产选集》的传统，启动《中国农业遗产研究丛书》，积极推进中国农业文化遗产研究工作的开展。

生态发展上，人们关注生物多样性的重要性；社会发展上，人们关注社会多元化的重要性；但在人类发展上，我们却常常忽视民族多样性和文化多样化的重要性。一个民族的文化遗产是这个民族的文化记忆。保护文化多样性就是保护人类文化的基因。它既是文化认同的依据，也是文化创新的重要资源。因此，保护农业文化遗产是保护人类文化多样性的一项非常有意义的工作。

中华农业文明研究院院长<br>王思明<br>2011 年 6 月 16 日

# 序

中国是世界上最古老而又富有生机的农业文明大国。

我们这个文明古国，农业大国，是一个天时地利人和、气度华赡的诗书之邦。我国正处在“民族要复兴”、“传统要弘扬”的伟大历史时期，我们要弘扬中华传统文化以兴邦，我们要探索、保护、发扬中华农业文化遗产以兴农。“国家兴亡，匹夫有责”、“多难兴邦”、“温故知新”、“刍荛之言，圣人听焉”。

“诗言志”，“诗者民之性情也”。孔子说：“不学诗，无以言。”“诗可以兴，可以观，可以群，可以怨。”

中国诗的源头《诗经》，中国诗鼎盛时期《唐诗三百首》，是伟大的、不朽的、经典的。但“文化大革命”时期，中华传统文化被摧毁殆尽。在中国共产党第十七次全国人民代表大会上，胡锦涛同志庄严地提出“建设和谐社会，全面实现小康”的方针，并号召“弘扬中华文化，建设中华民族共有的精神家园。中华文化是中华民族生生不息、团结奋进的不竭动力”。国务院参事室主管的中央文史馆馆刊《中华书画家》杂志，旨在“弘扬经典，推崇大家”。该刊2010年8月、12月“当代名家”栏目先后刊出单人耘先生的诗词10首及书画作品12幅，就是鼓励全国各地像单人耘先生这样的诗人、书画家贡献出力量。单先生是江苏省文史研究馆馆员，南京农业大学中华农业文明研究院研究员，是国家大学生文化素质教育基地的兼职教授。单先生少年时，一个地主家庭的孩子却能作出“仁人在野，君子务农”这样有灼见的嵌名联和“谁使农夫饥饿甚，一犁养活半城人”这自古罕有的警句。而单先生几十年来又能遇阻厄而不变初衷，历坎坷而旷达，“书生多爱国，贮美在心灵”，正如本书辑选者们所说：由于单先生“坚持‘诗言志’、‘诗者民之性情也’，为中华民族而作，为中华大地而歌，有感而发，心存吾土吾民，故能百厄不降，历阻弥坚，历久弥新”。有此操守，才有此成就。年逾九旬的黄宾虹研究会孙晓泉会长评单先生少年所作《农夫》等诗，是《诗经》“无衣无褐，何以卒岁”的继承，先生中年下放农村所作赞美“刘桥”、赞美“茧手胜华章”诸诗，情真意挚，与农民亲如一家，深切感人，均是可传世之作。日本农史学家渡部武称赞单先生的诗“不但清澄明晰，而且雅韵可掬，我感觉到杜甫之风，先生的书法又很好，故

石声汉先生的隶书刚毅骨立，您却是温润飞逸，是农史界之双璧。”日本学者坂本尚称单先生为“中国的瑰宝”。历史学家、版本学家胡道静老先生评曰:“词翁修养湛渊，发为文辞，清丽质淳，传世杰作也。”四川大学历史学教授、诗词评论家缪钺老先生称赞单先生的诗词“功力深至，气韵清疏，当今诗坛，殊不多觏。”

单先生七十多年来，创作两千余首诗，而且乐观进取，多成于患难中，不以己悲，不以物喜，“以诗为食，以诗为药，以诗为镝，以诗为臬”，爱农咏农，励己育人，把诗与学生看成是自己的生命，“浸沉翰墨，淡泊自守”，确为难得。南京市浦口区政协推荐《单人耘诗词选读》(160首，有注析）供全区中小学及南京农业大学开展诗教之用，国家古籍整理出版规划领导小组副组长、清华大学中国古典文献研究中心主任傅璇琮先生十分赞同。他称赞这些诗词“意善词美，富有哲理，有祥和之气。有时代精神，是亟待读者们细读、评赏的”。

此次，南京农业大学中华农业文明研究院响应国家号召，特辑选出版《单人耘咏农诗词三百首》供大家研读采酌。这对弘扬中华文化，发掘、保护、传扬中华农业文化遗产，也是很有意义的。因时间匆忙，未及注析，爰将王思明、马万明、宗良纲、梁治国四位校友的《发扬传统，保护遗产》论文置于卷首，以代“导读”，对这三百首诗词的情真、意善、词美也做了一些评析。请大家参考、讨论。

时代要好诗！人间有好诗。

诗可育人。农为邦本。

卢良恕<br>2011 年 10 月

（卢良恕，浙江湖州人。1994 年当选为中国工程院院士。曾任中国农业科学院院长、中国工程院副院长、农业部科学技术委员会副主任、中国农学会会长等。现任中国农业专家咨询团主任、中国农学会名誉会长、中国农业科学院学术委员会名誉主任等。）

# 导 读

## 发扬传统，保护遗产

### ——研读当代名家、知名学者、诗人、书画家单人耘先生《单人耘咏农诗词三百首》

南京农业大学中华农业文明研究院　王思明　马万明
资源与环境科学学院　宗良纲
经济管理学院　梁治国

“他在爱农、知农的真诚中遒劲地呐喊；
他在学农、兴农的热望中奋勇地前行；
他在满怀喜悦地歌咏着葱茏的田野谷黍；
他谆谆地教诲青年学子大力弘扬农业文明。

巍巍钟山钟毓了他的敦厚诚朴，浩荡长江哺滋了他的淡泊宽朗。腹有诗书，胸有丘壑，诲人励己，孜孜不倦；

耄耋之年，仍矢志不渝地培育神农传人。他，就是南京农业大学退而未休的单人耘教授。”（引自南京农业大学大学生通讯社记者谭昊、郑佳旭《一勺之灵，大千世界》）

我校85岁高龄的单人耘先生，是农史、农诗研究者、国家大学生文化素质教育兼职教授，江苏省文史研究馆馆员。2010年8月、12月，他的诗词书画作品被国务院参事室主管、中央文史研究馆主办的《中华书画家》大型专业期刊分别刊登在“诗词欣赏”和“当代名家”栏目；10月，中央电视台书画频道对他进行专访，摄制播出了题为《一勺蕴大千》的个人专题片。2011年4月，浦口区政协组织编注的《单人耘诗词选读》被列入南京农业大学大学生素质教育丛书。南京农业大学“腹有诗书气自华”读书月活动，邀请单先生做了《读书、写诗、作画——我的诗书画人生》讲座，国家“863”计划中国数字图书馆示范工程“超星学术频道”摄此录入“知名学者学术专题片”，推向社会、推向国际。

这一份份荣耀，一份份礼遇，是来之不易的。如果留心考察一下单人耘先生七十多年的生活工作经历，了解一下单先生为人治学和著述创作活动，就会为他少年时起就有“仁人在野，君子务农”的重农思想而钦佩，也会为他受传统文化熏陶、高人指点、具有非凡的文学艺术才能而折服，更会为他历尽坎坷而能有此操守和成就的难能可贵

而赞叹。

## （一）

单老早年就自号“痴吟人”，爱诗如命。他有十六字诀：“以诗为食，以诗为药，以诗为镝，以诗为臬。”先生还说，学生和诗是他的生命。现在我们就从他视如生命的诗来探究、体味他在平凡中的不平凡，痴吟中的不痴，更是智慧、勇气和爱心的体现，有一定的人文承传价值。

当前，国家对中华传统文化的传承和发扬高度重视。胡锦涛同志在党的“十七大”报告中这样论述：“弘扬中华文化，建设中华民族共有精神家园，中华文化是中华民族生生不息、团结奋进的不竭动力”。近代国学大师们对中华传统文化倍加推崇，国画大师黄宾虹说：“中国的道德文章可以不死”，大教育家蔡元培毕生倡导美育：“以陶养感情为目的”，大学者、作家、斗士朱自清曾那么着力地阐讲“诗教”、论“气节”。单人耘的诗书画映射出来的传统文化思想与这些是一脉相承的。特别是诗，诗教，单人耘正是继承和实践着革命烈士、民主斗士、伟大的爱国主义、民族文化的脊梁、国学家、诗人、篆刻艺术家闻一多生前的“诗教工程”的主张。闻一多是研究我国古代诗歌的一代宗师，他就十分重视“诗化教育”。在实施“诗化工程”中，首先从自己家庭做起，一有暇时就“课弟妹、细君（夫人）

及诸侄以诗”，说：“将‘诗化’吾家庭也”。

美学大师宗白华、朱光潜，他们融冶东西方的教育、文学艺术和美学的研究于一炉，不约而同有很多的经典性论述。

宗白华提出“美学散步”，“诗意地栖居”，“一生与艺术忘情相交”。他认为：“一个民族的自信力——民族精神的表现与发扬，端赖于文学的熏陶”。他还说他对艺术的一往情深，当归功于孩童时所受的文学熏陶。

朱光潜则认为“文学是人格的流露”，要培养高尚的人格、渊博精湛的知识，必须读书，“以储知蓄理，扩充眼界，改变气质”。他一生好读诗，说要借哲学家、诗人的眼睛来看世界。他十分强调对于语言文字的敏感，说：“我一生都在‘字’上做功夫”，常常慑服于‘字’的威权之下。

朱光潜先生不仅是学识渊博、人格高尚、治学严谨、著译丰富、关注民生、关爱青年的爱国者、大学者、美学大师，他更是秉着“以出世的精神，做入世的事业”的人生观，经历了1957年的美学问题大论争，尤其是“文化大革命”对他这个“反动学术权威”的严厉批判，仍能够豁达、自强不息，虽年近八旬却爆发出惊人的学术青春，短短四五年竟翻译和整理出版了大量的美学著作。

我们以上所引两位大师的这些光辉论述，正是我们研读、探究、总结单先生诗词书画创作活动意义的圭臬。

“中华传统文化是中华民族精神和道德的载体，而诗又是中华文化中最璀璨、最有感染力的永恒元素”。这是单先生2005年向《新华日报》记者樊华阐述他所秉持的观点。我们十分赞同。古语云：“读其书，莫如好其人。”我们也可以这样说：“好其人，莫如读其诗。”中华农耕文化是中华传统文化的根脉，诗，特别是咏农诗又是自《诗经》以来中华诗词爱国爱民的主旋律。单人耘先生一生以诗为命，爱国爱农，爱乡爱校，爱师爱生，爱书爱画，且历经坎坷而不改初衷，得化暴戾为祥和之乐，有实绩、有著述、有创造、有影响，其诗书画创作正洋溢着强大的感染力。在全国上下倡导传承发扬中华传统文化、发掘保护中华农业文明的前提下，我们大有必要来研读单人耘先生这位当代名家、知名学者、诗人书画家的，家乡人称为可“宣教当世，陶育后人”的大量诗词，感受他的“家国情怀、诗人吐属”，体味其“气韵清疏、清丽质淳”，领悟其“蔚然之光、苍然之色、铿然之声”，发掘其人文价值和历史价值。

浦口区委书记成玉祥评价说：“单人耘老先生是浦口地区的又一文化瑰宝（按：“当代草圣”林散之先生已公认为国家级文化瑰宝）。他生在浦口，长在浦口，多年工作在浦口，吮吸着浦口的营养，是家乡的大地、人民哺育了他。自幼深受传统文化熏陶，深得散之先生濡染……为诗必当振国魂而慰斯民……顺境逆境执着不变……”单老的确如此。让我们寓考察于读赏之中，就这次选辑他的300首咏农诗词，从大处着眼、细微处着手，探究其“得山水情可疗疾，饶诗书气能育人”的根源。

## （二）

单老书画渊源有自，秉承黄宾虹大师和林散之先生“要做学人、不务虚名、力学敦品，不与时同”。多年以来，单先生未负师传，而又更多地赋予时代感和对青年学子的教化功能。“一犁养活半城人”、“从来茧手胜华章”，这两句诗是当代最有代表性的古所未有的爱农尊农警句、佳句。前者是单老1941年15岁时在家乡江浦桥林所作的《农夫》一诗的末句，后者是1973年47岁时下放涟水刘桥时所作组诗中的一句。浙江黄宾虹学会会长孙晓泉老人曾著文说：“单君下放苏北涟水县刘桥务农数年之久，与农民相处融洽，感情深厚，因而其作品思想纯朴、真诚、细腻，十分感人。……单君为了歌颂刘桥老农，在《忆刘桥》(65首)诗中，连刘桥的路、牛、麦、黍稷、豆、瓜、酒、竹、花、草、冬、霜、雪、灶，等等，无不忆及，无不具有真挚感情。”该会会员青年评论家宣伟强这样评论：“单人耘15岁写了一组爱农诗，标志着他爱农、学农思想的确立，并贯穿其一生。平生所写诗，以农诗最具特色，冠以‘当代中国农诗第一家’不为过誉。”

单人耘的《春荒悯农谣》(1941 年) 有云:“粮无隔宿箪瓢空，儿女嗷嘈到处同。日日垄头频自祷，苍天许我稻粱丰。”“妻叹儿号可奈何？东挪西借费张罗。试看今春垄上麦，他时熟处已无多！”即是《诗经》“无衣无褐，何以卒岁”思想的继承和发展。2010 年，《现代快报》(7 月 12 日)“发现民间档案”有文指出:“单人耘早年写下了继‘锄禾日当午’后唯一的爱农警句”。单人耘教授十三四岁时住桥林乡下，读了郑板桥家书，受板桥“天地间第一等人只有农夫，农夫皆苦其身，勤其力，耕种收获，以养天下之人。使天下无农夫，举世皆饿死矣”思想的影响才有此认识的。又读了《论语》，不同意孔子说要“学稼”、“学圃”的樊迟为小人，便作了一副嵌名联:“仁人在野，君子务农”(当时他为自己取了一个“野农”的别号)。《单人耘诗词选读》第 51 页对《农夫》一诗的评析文章切中肯綮:“一犁养活半城人”的诗句是“警世醒语，是诗人对农民养活城里人的称赞，是对千古不平的一鸣”；此诗感物吟志，堪称典范。文章末尾还揭示说，一个地主家庭的孩子却作出这为农民鸣不平的诗来，是中华传统文化教育所致，是历代悯农咏农诗的影响，是“劳动创造世界”这一真理力量的体现。所以后来单人耘先生高中毕业后考大学，首先就是西北农学院的农田水利系和农业教育系。先生 43 岁时全家被下放到苏北农村安家落户，在当时有类于惩罚、押送的厄运，他却能甘之如饴，与农民亲如一家。这首《农夫》是单先生家庭出身根本转变的思想基础，本身就是中华传统“诗可育人”的一个范例。与1997年中华书局为他出版的《一勺吟》中几百首诗词一样，是经时代激荡磨洗而能存世益人、奕奕有辉的一个典范。

2005年，《益生文化》杂志第6期发表单先生的文章《诗的意境美，哲理美与养生》。单先生这样说：“中国农民的伟大精神是哺育我身体和心灵的根本要素。我自小和母亲、弟弟在农民的给养、哺抚影响中生活，李氏草堂的三代农夫、我家的佃户全家，我们从他们那里认识到一个真理，即‘烟蓑雨笠不离身……一犁养活半城人。’从此，不仅我与弟弟们对农民怀着崇敬，对地主家庭有羞愧、负罪感，使我们在学习、就业、做人方能客观地看待诸多问题，而且使我在文学创作上立了一个标准，站在农民方面，因而后来大半生因自己出身、历史受到歧视，不被谅解，然而总没有抱怨与犹豫，是坦然接受考验的，到“文化大革命”后期下放刘桥时，我便如同一个远别家乡的人，经过千辛万苦终于回到了家。”

## （三）

思想意识的转变是人生观、世界观根本的转变。《尚书·虞书》说“诗言志”。孔子教育他的儿子孔鲤：“小子何莫学夫诗？诗可以兴，可以观，可以群，可以怨……”又说，“诗三百，一言以蔽之，曰‘思无邪’。”孔子对他的学生还有“诵诗三百”才“授之以政”的瞩望。这些，不都是对诗的教化功能极大的肯定么？

古语云，“修辞立其诚”，“本立而道生”。诚是根本，意善还须词美。单先生的诗之所以有宣教、陶育功能，还在于他有美的、丰富的、诗的语言。上海人民出版社编审、农史学家、图书版本学家胡道静先生评价单人耘：“修养渊湛，发为文辞，清丽质淳，传世杰作也，毋待我言。”四川大学历史学家、文学评论家、诗词家缪钺教授评价单人耘的诗词“功力深至，气韵清疏，当今诗坛，殊不多觏”。因此，我们研读单人耘的诗书画人生，首先就要细心研读他自幼及长、酣沉濡沐其间而有“清丽质淳”、“气韵清疏”、为“当世所希”的这些爱国爱农的诗词。

纵观单老一生爱农诗的创作，大致可分为 4 个阶段、4 个时期。

第一阶段：初识期（1938—1969 年），“一犁养活半城人”。单老少年从桥林家乡到皖东求学，抗战胜利后考入金陵大学学农，毕业后机关整编失去工作在浦镇教工属夜校，再去徐州贾汪电厂教中技校，一年后调回浦镇与爱人同在两浦铁中教书，到“文化大革命”后下放，先后 30 年之久。这一时期相当长，年少时就知道尊农爱农是最基本的。

代表作有《题虎》、《战马咏》、《农夫》等。

第二阶段：深知期（1969—1983年），“从来茧手胜华章”。从“文化大革命”后下放苏北农村安家六年，到落实政策回城回原单位，1983年调来南京农学院，其间13年。下放期间，与刘桥农民朝夕相处，情深意笃，对农村的人和事乃至生活的点点滴滴都倾注了真挚情感。“回城仍觉锄犁并”，“畦边砚边情无尽”。代表作有《刘桥作》、《登点将台》、《黄山行》等。

第三阶段：高吟期（1983—2000年），“农情已使诗情富”。从1983年调至南京农学院农遗室《中国农史》编辑部起，到1999年国家倡导中华诗词要大踏步地进入大学校园。这一时期，改革春风吹遍大江南北，给广大农民带来福音，单老情绪激昂，为党的政策鼓与呼。代表作有《农遗室题画》、《黑鬲歌》、《江心洲十唱》等。

第四阶段：宣讲期（2000年至今），“耕烟犁雨播春风”。这10年形势大好，国家对中华传统文化倍加重视，单老诗书画创作已入妙境，成绩斐然，素质教育产生影响。代表作有《颂华夏》、《浦口绿色颂》、《宜兴南山绿》等。单老能长期不懈地致力诗书画创作，其动力在于他有“教书育人，农为邦本”和“寓教于艺”的坚定信念。

## （四）

中国美术家协会理论委员会原副主任、江苏省美术馆原副馆长马鸿增先生著文品读单先生的诗书画，根据宋代苏轼的评论准则，称单老为“德、诗、书、画‘四清’高人”。引苏轼论挚友文同（字与可）之说：“与可之文，其德之糟粕；与可之诗，其文之毫末。诗不能尽，溢而为书，变而为画，皆诗之余。”言诗书画之核心在德。马鸿增先生说：“单公之德，与国家同呼吸，与民生共坎坷；淡名利如水，重文品为命；毕生治学，达节和光。惟有如此德清之人，方有如此诗书画。单公之诗书画，三位一体，共铸精魂。画乃文人画，诗为爱国诗，字有书卷气。总体上笔墨华滋，意境幽远；清气灿然，骨体高逸；气韵生动、馨香四溢。又单公每画必题自作诗词，书法亦写自作诗词，此等涵养，为当世书画界罕见。诗词多抒爱国忧民之情及人生感悟，不仅增加画面意境与形式美，而且更富时代感与教化意义。”该文最后说，“单公少年时即以‘散虹学人’自期，毕生未易其志。可以说，黄宾虹、林散之两位贤达之后，能于德、诗、书、画四者全面传承其精神者，舍单人耘而谁？”我们深以为然。

单先生诗词之美，美在爱国爱农，意善词美，美不胜收。兹举数端。

首先是因其诗爱国爱民，有承传性，有时代感，有经典意义，有教育意义。以其十二三岁所作《题虎》、《战马咏》两首五绝为例。两诗每首只20字，憨稚可喜，却显老成，庶可置之我国古典诗歌行列，今人固不必不如古人。如推荐到幼儿园大班或小学一二年级去吟唱，有可能像骆宾王7岁所作《咏鹅》之受欢迎。

这首题虎诗，遣词造句之自然浑成，看似平常，却很精当。“猛虎立高岗，飞泉落九霄。怒吼百兽惊，咆哮千山摇。”这“猛”、“高”两形容词，“百兽”、“千山”两复合词，倘换作“老虎”，“山岗”，“群兽”和“众山”，就大为逊色了。至于从“立”、“落”两字可看出是“猛虎”向上，“飞泉”落下的两个动感；“惊”、“摇”两个动词也很恰切：一言其“怒吼”之声使百兽皆“惊”，一言其“咆哮”之力使 千山俱“摇”。

此20字可谓字字不虚设，句句有力量。细读此诗，熟读之、吟唱之，小朋友、小学生们在思想上、精神上当会受到教育、鼓舞、陶镕，在语词表达（说话，写作文）技巧方面也会大有收益。这对中学生和大学生也非常适合，非常需要。

再以《农夫》、《刘桥作》两诗为例，“一犁养活半城人”，“从来茧手胜华章”更是有经典意义。这两句诗本身字词组合之妙，即写作技巧当然不能忽视：前句中“一犁”与“半城人”的强烈对比，两数量词皆是泛指，后句

中“茧手”与“华章”，既是有对偶之美的词，却又是意义相对的词，再加上“从来”两字，从古以来就是如此，加强了“茧手胜华章”这一定论的份量。

还有，这里的“胜”字亦有讲究，有人说，既是劳动创造文化，为何不用“茧手出华章”？殊不知“胜”字是胜过“出”字的，因“劳动是创作的源泉”，“茧手”是创作者，“华章”是劳动所创，当然是“茧手胜华章”。

从全篇四句来看，还有两点需提出：一是《农夫》首句，为何不用“一蓑一笠”或“青蓑绿笠”，而用“烟蓑雨笠”？ 单先生告诉我们，他与学生们读赏时常提此问题启发学生理解：“烟蓑雨笠”描绘烟雨中农民的蓑笠穿戴，形象凸现，突出了农夫们在那样的自然景境里劳作的辛苦。如用“一蓑一笠”或“青蓑绿笠”皆不能达到此效果。二是短短四句，起承转合，是一整体。此诗第三句是转，是质问，第四句是合，但未正面回答其原因，而是用一种社会现象，一个理性的判定，阐示主旨。这不是所答非所问，这是进一层的写法，究根到底。

另外，前两句各句的上半截四字“自为对”，“烟蓑”对“雨笠”，“早起”对“迟眠”，两个四字称之为“扇对”，即“宽对”。一是空间（烟雨中），一是时间（起早睡晚），说明农夫劳动的环境条件之差之苦，劳动时间长，劳动强度大，形象，具体。

讲到“对偶句”、“对仗”，就要联系到《刘桥作》的第一、第二句，相当于一副七言对联。一、二句对仗，三、四句不对仗，是截取律诗的前半截的格律。至于一联中用字必须字字精当，如“高粱穗簇"用“簇”字比用“如”字强多了，形象、生动。

以上的讲析，是太细致了。但我们以为研读其诗词每一首都得这样探索、推敲，方得其中义理，探骊得珠。对此次所选的300首可以举一反三，也可另辟蹊径去探研。

我们以为，单先生之诗词创作斐然有成，最主要因其有两大思想基础：一是坚持“诗言志”，“诗者民之性情也”，为中华民族而作，为中华大地而歌，爱国爱农，有感而发，心存吾民吾土，故能百厄不降，历阻弥坚，历久弥新。二是坚持内容和形式的统一，即“修辞立其诚”，亦即理性思维与形象思维的融合，决不以辞害义，以辞炫己，因而其所作诗词能立意警策，光明磊落，遣词造句敏捷清新，继古创新颇具典型。

单先生自12岁云程发轫直至85高龄所作诗词两三千首，其成就斐然，实为罕见，最使我们惊异的首先是其“思维敏捷”。他感物吟志，以诗为食，为药，为镝，为臬；写得快，写得勤，写得多，写得猛；有感即发，思如奔泉，海内外师友无不惊叹其才思敏捷，说他佳句如泉涌。是个奇才。我们了解到，单先生1964年在浦镇与一位同

事、一名学生一日游大顶山归来，一晚上和一早上竟写了七绝44首，清放豪逸，即已先声夺人。1976年8月，一个雨夜，一口气写下一韵到底64韵128句的五古长诗《黄山行》，恢宏，典丽，不假推敲，后来参赛获得大奖。1976年因喉病休养在家，一个雨天，一下子写了《忆刘桥》65首，随意写成，首首有真情实感。又如，单先生次散之老师的《百字令》原韵，先后有16首之多，用语雅健，无一重复，思想内涵各有侧重，对老师的作品人品的认识逐步升华，最先的6首为林师阅过，当面加圈赞许。

其次是其"语言醇美"。单诗遣词造句之妙，用词选字之美，可说是俯拾即是。其咏人与自然之融合，无不嵚崎磊落，清纯自然，如《黄山行》五古煌煌巨制中有这核心的两句"为藉泉石腴，疗我身心瘦"，就是蕴有哲理美、意境美、时代感的精湛典重的山水诗，胜过古人。《渡江》七律，浑沉慷慨之作，颔联"沉云忽压千帆黑，落日犹熏一岭红"两句，天象人情交融，极为壮丽奇警，真堪与杜甫七律比美。至于《大运河之歌》篇末的"云帆春水三千里，料应难载今人喜"等句，其气象情致则又何等舒朗欢快，摇曳激荡！至于咏农爱农诗词，感奋兴邦之殷切又皆出自肺腑：如《农遗室题画》云："报国难言老，尊农不辍耕。"《和陶诗》（1991年）云："春畴芜既耘，秋实慰苦想。"皆心声也，心声可贵！铿铿有声，叩人心弦。这三百首爱农诗词中屡屡出现的闪光之点，真是举不胜举。

单先生一生以诗为乐，以诗为业，乃至以诗为命，其诗词创作基本点“言志”的目的，当然是我们首先要认真学习的。他是“以诗砺己、振己”，同时又很“谦逊、淡泊为怀”。“以诗砺己”，从他早在抗日战争时期的《春雨行》中“铁骑踏故乡，乡民苦流离。我不思拯济，徒此弄画诗”即可看出；“谦逊、淡泊”，从“文化大革命”后《咏白荷》词中“绝无枝蔓，根扎泥中，漪生水面，不改轻盈故”、“朝霞烘日，朱颜腼腆长驻”就可得知。诗为心声，诗品即人品，风格即人，其人其诗，二而一者也。仔细研读其篇章结构词字之美，遣词造句的精当自然、更可感受其诗品、人品之美、之可贵与其益世兴农之时代意义。

国家古籍整理出版规划领导小组副组长、清华大学中国古典文献研究中心主任、原中华书局总编傅璇琮先生在《单人耘诗词选读》（160首）《前言》中说：“（此书）不限于诗教之效应，更可藉以弘扬中华诗词文化，提高学生思想素质、审美情操与读写能力，达到钱学森院士生前一直所期望的，把科学和艺术结合起来，文理学科相互融通，接受熏陶，活跃思维，优化素质，开拓创新。”他殷切期望着南京农业大学、浦口区的青年学子们都来细读、评赏、师法，发挥其“宣教当世，陶育后人”的正能量，以不负单先生本人和他家乡吟友辑注者们的一片丹忱。

为迎接“第二届中华农业文化遗产保护论坛”在南京农业大学召开，我们特辑选单先生咏农诗词三百首，供大家欣赏、研读、采酌，以育人知本，兴农兴邦，也正是这个目的。

“人间重晚晴”，人间有好诗。

保护遗产！

发扬传统！

2011年9月南京卫岗

大飞春早　26cm×37cm　1973年

# 目录

## 诗

## 词

## 民歌体



## 散　文

## 附　录



## 读后品评

# 诗

## 题　虎　十二岁作

猛虎立高岗，飞泉落九霄。怒吼百兽惊，咆哮千山摇。

（1938 年）

## 战马咏　十三岁作

皓月清风夜，振辔独长鸣。将军宴未醒，江南寇如林!

（1939 年）

## 题秋景小幅

日暮秋风冷，天寒落木空。独怜枫叶色，犹衬夕阳红。

（1939 年）

## 题山水

山回江转晚来秋，山自苍茫江自流。
飘零红叶两岸树，弄碎清波一孤舟。
烟远寒村无限感，天低断雁几行愁。
倭奴未灭家何在？频写江山频觉羞!

（1940 年）

## 题画呈林散之先生

闲来调笔墨，纸上画山丘。石逐毫端发，泉从腕下流。
峰青因度雨，林赤自经秋。若使高人见，果能一笑否?

（1940 年）

## 题画绝句一束　录二

山下江城水路通，渔舟远唱夕阳中。
桃花也作落霞色，映得春江水尽红。

雨过青山山若洗，风吹碧水水如鳞。
点苔小石恰生树，横岸溪桥偶渡人。

（1940 年）

# 杨家墩诗课　录二

## 桑阴农话

（《渔樵耕读》组诗之二，其顺序为：茅屋书声，桑阴农话，柳堤渔唱，松壑樵歌）

郁郁桑阴下，悠然几老农。不言川谷美，但喜稻粱丰。
稼穑谈方歇，乡情话不穷。童孙未解语，指说夕阳红。

## 风

（《雨风雪月》组诗之二）

岭上云飞去，林中风怒号。平畴翻麦浪，危壑起松涛。
樵叟忙扶笠，渔人且住篙。关山多征客，惧冷紧加袍。

（1940 年）

# 春荒悯农谣　桥林镇李荫南医生命题

粮无隔宿箪瓢空，儿女嗷嘈到处同。
日日垄头频自祷：苍天许我稻粱丰。

妻叹儿号可奈何？东挪西借费张罗。
试看今春垄上麦，他时熟处已无多！

去年水大田被淹，今岁春荒改麦田。
种得麦来田更瘦，秋收能得几箩籼？

（1941 年）

## 农 夫

烟蓑雨笠不离身，早起迟眠历苦辛。
谁使农夫饥饿甚？一犁养活半城人。

（1941 年）

## 冬 夜

小炉添炭火，岁暮雪花飞。莫谓衾裳冷，干戈正四围。

（1941 年）

## 春晚弄笛

偶然弄笛草堂东，莽莽情思念不穷。
暮霭围山还蔽日，春云照水复迷空。
邻家稚子能耕种，陌上老槐自雨风。
环境如斯当奋起，甘为蠹卷一书虫？

（1942 年）

# 春　望

杨家墩上独沉吟，绿满川原春正深。
记取杜陵野老句："万方多难此登临"！

（1942 年）

# 春雨行

春雨下三日，偶然晴一时。出门逢牧童，牛背披蓑衣。
怡然向我笑，笑我脚沾泥。知是看山来，知是听鸟啼？
我言不得意，散步解心思。归时忽见尔，怅然心自悽。
尔犹能放牧，尔犹能把犁。我生年十七，读书只自欺。
铁骑踏故乡，乡民苦流离。我不思拯济，徒此弄画诗。
作画已满墙，山河烟雾迷；写诗已盈帙，酸若秋虫嘶。
沾沾犹自喜，荒随愧友师。言罢悲无极，顿觉景色凄。
牧童不解语，道我是书痴。长歌叱犊去，空剩雨丝丝。

（1942 年）

# 写　愤 二首

习字惭鹅换，读书愧囊萤。思将天上月，劈作小园星。

撕碎诗文稿，椎开笔墨筒。今宵墩上去，趺坐骂春风。

（1942 年）

## 感慨歌赠张恕、天俦

男儿当以身许国，何为伏枥只太息?
仰天长啸天应怒，低眉揾泪有不屑!
君家兄弟最关情，慰我寂寥伴我吟。
五月骄阳苦相炙，江乡处处望甘霖。
来朝一笑投毫起，看我直入风云里。
矫然飞翥化神龙，下向九州散作雨。
此雨既可活稻禾，又可煮茶煎碧螺。
君若饮之文气足，滔滔下笔似江河。
吁嗟乎，奈我不化龙雨何!

（1942 年）

## 七　坝

七坝晴曦里，一帆破浪开。不知舟楫动，但觉远山来。
矮树浮天际，群鸥浴水隈，江东非吾土，顾盼忽生哀。

（1942 年）

## 白鹭洲

寒日下芜城，秋风入芦荻。水亭不见人，云外归鸿急。

（1942 年）

## 竹友歌

竹能虚心是我师，竹有劲节真吾友。
虚心劲节叶长青，质朴无华交可久。
岂不闻孤竹国君之国号，以其孤高无可偶；
又不闻晋唐林溪间，七贤六逸往来守。
玉川子卢爱箨龙，诫儿莫杀入其口。
东坡先生甚爱之，不可一日无此叟。
板桥画本得天然，日光移影映窗牖。
庭前数竿摇清佩，浣我俗尘三百斗。
近坐须眉生寒碧，莫逆于心忘谁某。
昨宵雨急春雷震，何期一怒如狮吼；
今日新晴吟细细，高垂凤尾曳轻帚。
颇宜嫩晓破烟来，衣裳润湿如喷酒；
复宜月下携琴至，此境清绝迥非人间有；
更宜雪夜枕前听，清音窸窣有如秋蟹芦汀走。
噫嘻竹友，高风亮节共潇洒，何以报之愧琼玖。

爱汝无可赠，长歌一篇为问君子知也否？

（1942 年）

## 野　行

野行三四里，一路菜花香。雨细春衫湿，风斜乳燕忙。
小桥通活水，新竹护村庄。览物多惭愧，少年当自强。

（1943 年）

## 农　家　二首

分得新秧插已成，隔溪风送桔槔声。
农家五月多忙碌，转觉忙中笑语生。

一片麦场一片秧，村前村后绿间黄。
白云移影知将雨，顿觉农家工作忙。

（1943 年）

## 皖东秋雨

蟋蟀悲秋夜有声，离人倚枕梦何成?
一灯摇曳听风雨，百里迢遥念弟兄。
故国河山终不改，书生涕泪为谁倾!

更怜檐竹敲窗响，细语正如鸣不平。

（1943 年）

## 雨夜感怀　巢县油坊高作

秋雨潇潇夜，寒灯照读书。忆家情最切，报国事何如？
塞雁归来早，故人消息疏。隔窗闻坠叶，淅沥满庭除。

（1943 年）

## 还　都

江浦中学高三作文题，一九四六年五月五日于浦镇

八载烽烟锁石头，生灵涂炭等蜉蝣！
钟山草色难为绿，扬子潮声空打舟。
已叹村墟农事废，那堪关塞血仍流。
斯民闻道还都日，多少伤心泣未休。

## 归故里作

寂寥故园冬，诗情殊不恶。寒梅未作花，缺月在房角。

（1946 年）

## 画　梅

我画梅花瘦，迟明画梅肥。瘦肥俱有态，不畏北风吹。

（迟明：安徽当涂人，余画友，同师林散之先生。）

（1946 年）

## 无为调查纪行　六首

江上长堤十里长，晴峰历历送斜阳。
回看碧野平无际，白鸟翩然下一双。

龙王嘴下陈瑶湖，荡得轻舟入画图。
满眼云山看不了，又添淡月照菰蒲。

买舟刘渡下襄安，柔橹声中睡意长。
菱叶半溪饶野趣，好风又送白荷香。

双桨轻摇剪碧波，迢迢一水入烟萝。
前村莲叶深几许？但觉风来香气多。

青溪两岸稻田黄，溪上人家负夕阳。
独爱桑榆阴里过，时因路狭让牛羊。

归到无城日未斜，汗流口渴苦思瓜。
长街觅遍无由得，却买诗钞十八家。

（余金陵大学农业经济系毕业前偕陶亦工、巴庆春两同学来此调查，写毕业论文。）

（1950 年）

## 放榜后作

**毕业分配苏南农林处，地址在无锡**

为民服务无所求，管他楚尾与吴头。
要向老农学稼穑，岂从小苑附名流?
太湖烟水怀春月，海上雁鸿寄早秋。
此去正看风物丽，晴空万里片云浮。

（1951 年）

## 思　家

我思思素巷，巷口有我寓。记得春深时，携儿捉柳絮。
我思思素巷，井上有梧桐。记得雷雨后，抱儿看晚虹。
我思思素巷，中有素心人。记得我来时，送别凭街灯。

（1956 年徐州）

## 贾汪之夜

矿区灯火丽，何夜无诗情？不见煤烟黑，但闻汽绞鸣。
疏林微月落，平野劲风生。地下犹酣战，城中万盏明。

（1956 年）

## 植　树

清明植树蕲王台，豆花菜花满地开。
西城忽隐烟痕里，绿暗郊原春雨来。

（1957 年）

## 课余戏咏

去校归家每是双，耘锄粪勺竟能扛。
教师寓处居民识，深巷一灯总映窗。

（1958 年）

## 莲子咏

莲子生野泽，深埋历百年。掇之赠所爱，愈老情弥坚。

（1959 年）

## 思素巷即事

弟辈不来娘却忧，岂因风雨误中秋?
老菱嫩黍饶乡味，昨夜灯前为汝留。

（1959 年）

## 游燕子矶三台洞，呈李思谦先生　六首录一

何处风光好？江南燕子矶。岸淘今古水，柳拂短长堤。
烂漫云天阔，棉芊豆麦肥。爱兹浓翠顶，目送众帆飞。

（1963 年）

## 台城柳

笼烟拂水总多情，一角荒城自送迎。
纵有风流千万种，争知泪眼不曾晴。
（“争知”原为“无如”，钱仲联先生所改。）

（1963 年）

## 赠陈钧石

朝夕勤披卷，手冷心头热。君亦迟眠人，应知夜来雪。

（陈钧石名洵，阜宁人，余诗友也，时同在两浦铁路中学教语文课。）

（1963年）

## 绝　句

江南三月雨霏霏，岸草欲牵水荇肥。
日暮风斜花湿处，啣泥燕子一双归。

（1964年）

## “惊蛰闻雷米如泥”行

节令当惊蛰，雷声送骤雨。卧兹井上庐，寤觉窗色曙。
殷殷来九天，宛若擂鼍鼓。须臾众籁发，射檐响万弩。
既润小园蔬，又渥郊原土。喜卜米如泥，闻之父老语。
公社闹春耕，红旗三面举。丰收已操券，粮山高可睹。
巨人立东方，宵小安能侮?我学耕耘人，当亦力田圃。
岂可畏泥泞，足不出庭户?起视低空云，霭霭散还聚。
一雨添嫩寒，柳芽齐欲吐。

（1964年）

## 渡　江　三首录一

击揖谁与感慨同？临流高唱大江东。
沉云忽压千帆黑，落日犹熏一岭红。
眼底江山容啸傲，胸中文字愧平庸。
峥嵘岁月等闲过，无奈书生气尚雄！

（1964 年）

## 题　画

淋漓墨泼乌江雨，斑斓图开潭渡虹。
我欲学之惭力薄，和烟和雾写晴峰。

（1964 年）

## 顶山公社率学生参加秋收秋种

顶山十月秋如锦，晓露初晞风乍凉。
陌上人喧包谷熟，村边烟散柿林黄。
支农更觉晴为贵，革命原知老不妨。
一听钟声能踊躍，锄田未逊少年郎。

（1965 年）

## 早　起

昨夜月如霜，今朝霜似雪。来作刘桥人，原野呈奇色。
浩瀚如银海，喷薄迎红日。村前拾粪者，凌寒远近立。
劳动当起早，早起有百益。写此入小诗，遂开新史页。

（1969 年）

## 胡　集

苏北平原好，泱泱万里春，心随红日暖，眼逐麦苗新。
集上广播会，田头下放人。东风吹正紧，捷报往来频。

（1969 年）

## 罗　徐

春色来平野，罗徐柳乍黄。云霞开锦绣，泥土孕芳香。
运粪车成队，育苗芋有床。斗争形势好，大字报满墙。

（1970 年）

## 原上吟

痴人曾以诗为业，原上躬耕辍亦难。
秋蚓春蛇存劣字，冬虫夏草诩灵丹。
赶集偶偕村老去，鞭墙犹待学童还。
麦绿芸黄灿入眼，霏霏烟雨胜江南。

（1969年12月，余全家下放涟水胡集刘桥，农民为筑草屋，先垒土墙，半干时须以小木棍鞭打，使其坚实，谓之“鞭墙”。）

## 送粮曲　涟水刘桥1970年12月4日送粮路上默作之

仲冬喜晴日，平原净如绘。历历村墟远，鬣鬣麦田翠。
朝晖漾徐跳，上有送粮队。岂惮霜华重，踊跃完农税。
秋豆黄灿灿，芋干白且脆，车载忠字粮，汗浑英雄背。
自我来淮阴，兹晨整一岁，背车同劳动，愈觉贫农贵。
昨向李圩去，同开三干会。农业学大寨，一片丹心沸。
挑战复应战，粗豪见妩媚。宝书晨共读，地铺夜同被。
售粮比贡献，胸怀全人类。虽云芋黍丰，增产无穷匮。
大干一冬春，要令诸渠备。明年旱改水，稻海扬金穗。
无限光辉景，砺我斗志锐。愿背革命车，前进永不退！

## 刘桥春早

1970 年 12 月 21 日为《刘桥快报》作，公社王书记在干部会上朗读之。

不怕北风吹，不怕雪花飘。桥东生产队，干劲比天高。
决心超“纲要”，大把肥料搞。实行“沟子化”，黑土是个宝。
打坝过盐河，干群心一条。风急浪又大，坝子被冲倒。
战斗哪能停，三次抢修好。小车飞过河，土坝赛金桥！
严寒何足惧，生产热气高。黑土铺满田，处处腾欢笑。
刘桥春来早，汗滴水雪消。红旗更高举，旱谷赶水稻。

## 村　雨

听雨潺潺原上村，无穷诗意动黄昏。
长河涨水凉侵岸，新黍抽缨绿护门。
千里音书通款曲，一番改造爱乾坤。
此间穷白当驱扫，待看银花火树繁。

（1970 年）

## 陌上逢刘宝爷

黍麦青青原上春，刘桥朝雨浥轻尘。
信知百事雍容好，缓步应师牵牯人。

（邻娃刘宝父行二，名中阁，右臂年轻时撩泥潭折残。生产队耕牛受阉后，须人牵之行走三昼夜不停，刀口始愈。阁二爷臂残且耐心，故队里委以此任。）

（1970 年）

## 堂　成

贫下中农好，合家感不禁。三间茅屋暖，十月小阳春。
苫草千丝锦，垒泥万块金。此情何以报，锻砺有红心。

（1970 年）

## 早　春

未逊江南暖，桥东占早春。青芦初出水，红杏已迎人。
赶集喧孺子，锄田约比邻。晴空云雀唱，宛转胜流莺。

（1971 年）

## 学　锄

学握锄头柄，方知稼穑难。身经春雨湿，心共社员丹。
耘草肝肠辣，壅禾畦径宽。此中有真谛，不独为盘餐。

（1971 年）

## 晴　野

原上村如画，遥天云锦张。何须挥翰墨，我自爱农桑。
晴野冬愈媚，相思老更狂。江南好兄弟，知否此情长？

（1971 年）

## 雨后得简弟书兼怀散叟

蓬庐疏粝渐云甘，原上安家岁月宽。
舍北芦塘方活活，江南花雨应毵毵。
书来千啭鹡鸰曲，砚忆三年鹧鸪斑。
劳动信能医百病，何期笔底更波澜！

（1971 年）

## 感　咏　二首录一

绿竹发新箨，离离朝晖下。插队刘桥东，耕耘汗初洒。
我爱老贫农，胼胝扫风雅。感奋一微吟，丹心庶可写。

（1971 年）

## 落户刘桥大队桥东生产队口占示路踊二儿

红灯绿酒非吾好，贫下中农是我师。
汗水同浇泥土润，一行禾黍一行诗。

（1972 年）

## 重赠别直庵老画师　五首

一路春风到别庄，河泥黝黑菜花黄。
不须展看村翁画，为爱社员汗水香。

八六高龄老画师，画仙画佛画松枝。
而今淮北风光好，要画千群春种时。

矍铄乡村一画翁，交谈看字耳全聋。
裱帧园艺谁承继？笑指儿孙爱务农。

当风吴带翁能画，出水曹衣我岂谙？
此日创新须革旧，安东艺术好同探。

烟岚涂抹忆童年，墨守陈规究可怜。
我欲因之重学习，平原风貌画当前。
（老人名青云，早年在扬州裱画，亦能画。）

（1972 年）

## 春锄之暇来钱老草堂作　二首

棉苗初出稖苗长，春到刘桥泥土香。
垄畔时时闻笑语，耘锄步步有文章。

立夏三朝锄地忙，偶随钱老过林塘。
和风丽日真无价，一路槐花扑鼻香。
（五月五日立夏，谚云“立夏三天便锄田”。钱老名艺功，原南京大厂镇中学教师，1969 年下放到涟水，与我同在刘桥大队。）

（1972 年）

## 黄　营　二首

尚有黄营聘，弦歌愿岂违？农村天地阔，鸿雁东南飞。
川漾晴光动，风和汗力微。行行过徐跳，回首恋蓬扉。

（徐跳，村名。）

东望大飞路，云天舒嫩晴。三年栖绿野，一举到黄营。
耕牧身翻健，歌吟笔有情。犹惭胼胝薄，不敢作先生。

（大飞大队为黄营公社“学大寨”先进大队。）

（1973 年）

## 三月三日

三月三日原上吟，油菜花开黄如金。
参差杨柳春婆醒，郁勃麦苗隐雉深。
挟册仍倾孺子爱，扶犁因识老农心。
清明佳节明朝是，未读蓼莪已湿襟！

（1973 年）

## 怀散师

岂肯平庸负所师？犹惭墨气未淋漓。
春深卧听黄莺雨，正忆江村夜课时。

（1973 年）

## 偶　书　二首

白下青衿梦，黄莺碧柳春。因循犹未扫，愧对接班人。

双鬓非全黑，孤心一寸丹。神州春色好，应遣上毫端。

（1973 年）

## 题迟明画鱼　四则

姑溪水，好养鱼；姑溪田，产稻米；姑溪人，心欢喜。
写入画图里，丰收锣鼓起。

姑溪产鱼，迟明写鱼，何老赏鱼，人耘想鱼。

画得池中鲤，持赠座上宾。若言鱼肥美，当谢养鱼人。

画鱼须画波，鳞鳍方欲活。浮动荇藻中，如闻声唼唼。

（1974年）

## 清明率学生祭扫阜宁芦蒲烈士墓　三首

纵目黄河岸，弥迤平野春。芸薹香百里，杨柳绿千村。
抗战思“盐阜”，欣荣感厚坤。芦蒲有高塔，浩气信长存。

陵园松柏翠，灼灼梅花开。红军讲传统，广播响高台。
振臂狂飙落，抗争胜利来。江山红万代，风物看徐淮。

清晓涟东去，虔诚祭扫归。周门河岸迴，马集午烟微。
叱咤风云壮，耕犁豆麦肥。英雄青史在，应浣积年非。

（纪念塔建于1943年，为纪念盐阜地区抗日牺牲的2400多名战士。塔顶有新四军铁铸像，举枪呼啸。塔侧有陈毅元帅所题“浩气长存”四字，塔四周碑刻牺牲战士姓名。周门、马集为附近村街名。抗战时期新四军办有《盐阜大众报》。）

（1974年）

高粱穗簇珊瑚紫
晚稻鐮開瑪瑙香
萬能千車縱汗水
從來爾手勝華章

一九七三年漣水劉橋作
單人耘

## 刘桥作

### 记 1973 年秋夜与贫农刘中满老爹看场

秋云欲暮月初黄，风过刘桥谷穗香。
七十老爹真可敬，不辞辛苦又扬场。

我向老爹学扫场，金黄颗粒汗凝香。
手中不懈仓中满，杂念私心一扫光。

年年颗粒总归仓，此日更须“广积粮”。
几度场边勤拾取，一双茧手带泥香。

高粱穗簇珊瑚紫，晚稻镰开琥珀黄。
万斛千车凝汗水，从来茧手胜华章。

中满老爹来看场，愈觉满场秋风香，
我愿此身化黍稷，再打千堆万担粮！

（1974 年）

## 原上庐题画怀江上叟

插队安家小堰南，几番汗水注微澜。
胸中丘壑原非旧，笔底乾坤近更宽。
秋碧春红蔬半亩，风生云涌思千端。
师承忽忆江村路，最爱书成墨未干。

（1974 年）

## 校园晨步

三月欲来二月晴，春风杨柳满黄营。
事能知足心常悦，人到无求履自轻。
淮北银锄堪入画，江南碧水本多情。
云霞掩映园畦静，伫听间关好鸟鸣。

（1974 年）

## 牧　羊

牧羊秋树根，萧然畦径外。云白映衣裳，野静生虚籁。
虽乏鲜草供，脱羁欣自在，无言神已驰，浑忘书画债。

（1974 年）

每忆江村路　78cm × 26cm　1974 年

## 寒夜读书歌

双灯耿耿书味美，黄营飞雨触窗纸。
石破天惊长吉喜，素壁苍岩烟霭起。
绕庐夜半寒风吼，峥嵘壮志一回首。
五年下放锄旧习，摩挲爱执老农手。
盈盈华实刘桥东，平畴麦菽翻春风。
云天万里碧千里，门前小桃灼灼红。
重棉一脱臂力雄，愿衣短褐歌年丰。

（1974 年）

## 黄营夏至　二首

自我来黄营，已过三夏至。年年乐支农，原上风光媚，
老少竞弯腰，黄金铺满地。今年守校园，足跛如折翅。
寂寞坐门前，蹒跚深自愧。师生笑语归，柳外秧田翠。

连朝盼好雨，雨至人心喜。琤琤屋瓦鸣，濛濛野云起。
自晨飞至午，余势犹未已。园黍齐抽缨，笼翠烟痕里。
沉沉万柳条，更比晴天美。数点入窗来，滃然湿满纸。

（1975 年）

## 咏别刘桥

六载亲农牧，孜孜课未完。虽惭胼胝薄，尚觉寸心丹。
原上秧如绣，宅边竹作栏。夜窗风雨好，倚枕听余澜。
贫农有本色，卑贱最聪明。倩彼厚茧手，荡余琐细情。
归书驰白下，宿雨恋黄营。桐竹门前语，潇潇一夜声。
因雨成诗句，诗成雨又悬。歌吟犹自好，稼穑足留连。
园草萦归思，村花媚晓天。小猫登我几，咪咪惹人怜。
蜷卧怜黄犬，护门渠认真。星河耿静夜，花竹暗长春。
恋主发长叹，感离不吠人。小诗今续就，相隔已三晨。

（全诗作于刘桥，末二句续于南京牙檀巷。）

（1975 年）

## 檀巷雨窗怀刘桥　十首录四

门前烟润杏枝新，淡簇烟脂画不成。
行过疏篱听鹊报，刘桥胜日是春耕。

鹡鸰翻翅声相呼，寥廓平原二月初，
柳眼花须争欲笑，铁牛来谱《斗天图》。

手握芳馨草正腴，社房牛犊向人呼。

我学老爹勤喂给，不知长得健膘无？

农家宝贝是耕牛，一寸深耕一份收。
红足高粱黄足稻，老爹最爱社场秋。

（1976 年）

## 忆刘桥 六十五首录十四首

我忆刘桥路，秋来黍稷香。战斗农歌好，原上白云忙。

我忆刘桥麦，青青覆垅密。一雨齐伸腰，社员喜洋溢。

我忆刘桥瓜，瓜垂刘宝家。墙头有枣树，簌簌落轻花。

我忆刘桥竹，潇潇战雨风。春来笋怒出，一夜数青龙。

我忆刘桥豆，丛丛出稖行。封阴锄不动，挂荚待金黄。

我忆刘桥槐，槐花四月开。一径白如雪，清香扑面来。

我忆刘桥草，草生社房侧。茸茸春树影，鸡雏来觅食。

我忆刘桥晚，秤草候社房。耳聆牛娃语，衣染青草香。

我忆刘桥冬，社房响霜钟。两儿齐起床，队长喊上工。

我忆刘桥雪，纷纷飘玉屑。村庄素裹成，大地真莹洁。

我忆刘桥霜，原野展银装。凌寒拾粪人，挎臂有浅筐。

我忆刘桥灶，省草真有窍。烧水十分钟，客来茶即到。

我忆刘桥酒，一斤八角三。王非来酣饮，不嫌“山芋干”。（王非，路儿同学。）

我忆刘桥牛，三五系社房。反刍讷不语，要待春耕忙。

（1976 年）

## 黄山杂咏　三十首录四

云海山前涌，神猴峰顶坐。太平终可见，一喝千层破。（猴子观海又名猴子观太平，因其面向太平县。）

常在海边走，仙人也湿鞋。一双云外晒，千载不收回。

（仙人晒鞋）

石从何处来？飞自王母宴。本是一蟠桃，当面看不见。
（飞来石，侧看为蟠桃峰。）

翡翠池光闪，粼粼最爱人。但凭穿石力，得泻古潭春。
（池澄清见底。）

（1976年）

## 黄山行

黄山天下奇，久欲餐灵秀。兹游只十日，胜境颇遗漏。
归来试一吟，工拙非所究。为藉泉石腴，疗我身心瘦。
一车歙县来，青山渐相诱。层层峦嶂起，顾盼劳颈脰。
忽睹云际峰，黛色参天透。惊叹神已驰，倏忽忘尘垢。
膜拜吾无辞，壮哉此宇宙！盘纡入汤口，行行瞻岩岫。
石径爰登攀，渐觉天宇袤。仙人为指路，幽蒨穿危窦。
天际望群峰，紫翠攒星宿：或耸如巨阙，或蹲如猛兽；
或如佛掌舒，或如钵盂覆；或偃如老翁，或拜如童幼；
或如古将士，灿灿披甲胄；或如入定僧，面壁弃印绶；
或艳如莲蕊，或纠如篆籀；或排如剑戟，或陈如杵臼；
或如珊瑚枝，或如丝绒皱，应接目不暇，变幻光映受。

苍茫凌暮色，钩画效难奏。触天白鹅杳，当路黑虎候。
北海晚霞明，万松风籁漱。投宿憩高楼，濯足沿涧溜。
一觉失疲劳，心神更无囿。明朝朝北海，拄杖尾人后。
林深幽禽鸣，阳光暖如灸。写生排云亭，岩壑纷辐辏。
叠石森然美，苍翠松针绣。天外云飞来，云我嬉邂逅。
东瞻光明顶，高台气象遒。步步踏莲花，嫏嬛高难叩。
俯观前后海，点簇林如豆。草木发华滋，峰峦气浑厚。
俨是宾虹笔，笔笔不可贸。须臾山雨至，衣湿云生瞀。
群峰隐深黛，宛若墨痕救。玉龙矫天半，落涧化飞溜。
莲沟八百级，直下风雷骤。夜宿玉屏楼，共话江南旧。
送迎松拱揖，洗盥天池镏。蓬莱三岛耸，逼仄一线彀。
天都吾所企，仰之踌躇又。日中坐磐石，对山写肤腠。
包孕连苏皖，翱翔羡飞鹫。山川气宇新，大地欣耕耨。
我生一蚁耳，营营事句读。欲语忽箝口，恐惹山灵诟。
浑然忘物我，放浪同猿狖。驻足龙蟠坡，四山浓于釉。
徐徐下青鸾，夕照明松柏。一梳新月好，涧底琴丝扣。
听泉俱忘归，汗漫情可宥。嗟彼尘嚣间，嘤嘤多喙咮。
高手与俗眼，何用夸豪富？至乐唯无声，至味乃无嗅，
有画总凡胎，有诗亦多咎。入胜岂空回，山木防自寇。
耘也师造化，管窥每僝僽。诘诫落言诠，金石尚可镂。
十日散百忧，如饮琼宫酎。黟山何巍巍，一览增千寿。

（本诗长达128句一韵到底64韵。1992年参加中华诗词学

会首次举办的诗词大赛，有21 000人参加，参赛诗词共十万余首，获得第29名，三等奖。）

（1976年8月）

## 黄山八首寄陈天研老师、常国武、梁宗亨、于兰　录二首

黄岳深且秀，峰峦绝俗凡。松黏天畔石，云触足边岩。
摄影尊陈老，褰幭讶阿兰。兹游真可悦，幽胜五人探。

皮蓬吾未到，闻云人迹稀。当时殊似梦，此忆尚神飞。
日落千峰幻，烟横万壑非。笑谈破幽寂，趁月两筇归。
（国武、宗亨薄暮去皮蓬，月上始归，极言其景色之幽迥。）

（1976年）

## 仿王荆公六言　二首

秋树霜原涟水，春鸥风蝶江南。
下放诗情未减，归来画意尤酣。

原上村迎春雨，刘桥桥畔烟迷。
芳草年年依旧，杜鹃何事频啼？

（吾母墓在刘桥。）

（1977 年）

## 春日感书　二首

我爱原上村，但问耕耘事。天地炼红心，陶镕感社队。
平野春浩荡，芃芃禾田翠。胼胝朝暮亲，一扫柔靡气。
铸冶小诗成，收获火红字。

我爱原上翁，教我习稼穑。相约事春锄，欢于刘桥北。
新黍铺地锦，株行咸成直。间苗手虽生，换步得规则。
斯情化春风，馥郁吹砚墨。

（1977 年）

## 登浦镇点将台

### 传为宋韩世忠检阅水师处

爱国千秋事未衰，江干点将有高台。
春风犹听当时令，渡水浮空送翠来。

（1978 年）

## 艺公将合家迁回，喜而寄之

相思江北又江南，霜叶如花秋正酣。
原上归来知更健，九年炉炼九还丹。

（钱艺功，原大厂镇中学教师，1969 年下放至涟水刘桥。）

（1978 年）

## 题山水绝句　四首

绿透湖山雨乍收，波心轻点钓鱼舟。
垂杨不系十年恨，沐得春风别样柔。

秋岩深护野人家，红叶披林艳胜花。
惟有山泉难缄默，一番雨过便喧哗。

我以我手写我心，叠翠重峦烟欲深。
商略扁舟添一叶，揽将风雨供狂吟。

短松谡谡柳毵毵，幽涧无人春自酣。
欲写扁舟寄逸兴，回青荡碧枕鱼竿。

（1981 年）

## 庐山杂咏　十六首录七

如琴湖无弦，花径花有致。游人思乐天，仿佛神可企。

（如琴湖系山上人工湖。花径为唐白居易游憩之地。）

龙首岩巅石，上蟠夭矫松。白云不敢逗，作势压千峰。

（龙首岩下临深谷，自下侧看岩石斜逸而出，如巨龙伸首。）

此石何为者？望鄱松根下。横岭与侧峰，唯供慧眼写。

（望鄱亭后路间有大卧石。人过其侧，未察其奇，余偶一谛视，惊其有“横看成岭侧成峰”之势，谓为庐山之缩影亦可，于是绕石三匝，作速写四幅。）

小憩文殊台，星壑看云开。夕照明千岭，松涛谡谡来。

（台侧石崖上凿有“星壑”二字，下临深涧，宋王守仁《文殊台夜观佛灯》诗“撒落星辰满平野”之句，当自此处观之。）

森森杉影碧，映冷潭间石。乌龙作细吟，千古不曾息。

（乌龙潭水终年潺潺，每当雨后辄作飞湍鸣吼。）

大树在深谷，浓垂千岁绿。本自抗风雷，庸争三鼎足？

（三宝树在黄龙潭北幽谷中，三古树参天耸立，一桫椤与一银杏枝柯交错，另一桫椤相距亦仅几步，成三鼎足形，均三四人合抱，浓翠垂天，槎枒相扶，传为晋时物。树龄推测当在千年以上，银杏更为古老，因银杏又名宝树，故统称之为“三宝树”。）

高峰何嶙峋？石罅罗苍翠。自有映日心，任他云掩避。

（大汉阳峰为庐山最高峰，海拔1474米，顶天立地，势如华盖，雄伟可入画图。余来瞻望，值云雾缭绕其上，须臾云散日照，益显峻伟雄厚。）

（1980年）

## 看郊农荷塘冬浚

飞红铺翠仗斯功，立本培源看意壅。
三十六陂春水满，催荷雨点润荷风。

（1981年）

## 题　画

我本江南人，爱画江南春。青山浓似绣，碧水净无尘。
帆影翩翩下，柳痕处处新。盛时当黾勉，美意驻芳辰。

（1982年）

## 应浦口区文化馆之约，为农民作四尺山水十幅

生产责任制，农民受益大。政策暖人心，蒸蒸利四化。
江山气象新，农村需好画。濡笔慰勤劳，一幅堂中挂。
可以荐春酒，掩映烟云亚。服务倾丹忱，留供艺林话。

（1982 年）

## 自咏示儿

吾不能作诗，诗成每清新；亦不能作画，画成气氤氲。
固非大手笔，足可悦朋亲。诗境求警拔，画笔求苍醇。
既师述古翁，又崇江上人。渊源虽有自，所贵在童贞。
（余外祖父彭公绍樵居述古堂）
（乌江林散之先生号江上老人）
况有平凡侣，蕴藉妙无伦。惜我少蹉跎，垂老尚湮沦。
（同乡同学周铭，字蕴平）
睥睨违世情，时浣心底尘。芋熟刘桥秋，柳暖浦岸春。
幸未负耘耔，砚笺出嶙峋。于兹堪慰抚，慎勿向我嗔！

（1982 年）

## 朝　朝　三月初九日作

朝朝心力付儿童，不要人夸磨杵功。
午夜拥衾连晓牍，春寒透指隔棂风。
十年颠沛仍邦国，两意绸缪忽媪翁。
我梦刘桥花正艳，一溪绿映半村红。

（1982 年）

## 云之谣

我是一片云，友风而子雨。上摩霄汉星，下渥郊原土。
我是一片云，曾触九溪石。冶融红白花，岩涧流酣碧。
我是一片云，垂天百丈裙。堪系仙人腰，却堕东海滨。

（1982 年）

## 题《秋山图》寄海外表亲杨琳、缪竞新

秋山如高士，风骨自疏朗。林披红叶艳，泉度白云响。
画寄葭莩亲，藉抒鸿鹄想。中兴庆炎黄，举睪同一仰。

（1983 年）

## 往柘塘印刷厂道中

铅椠邀人事晓征，湿云初辨秣陵城。
诗心恰在迷濛处，一片荷塘接雨声。

（1983 年）

## 题《秋江帆远图》于农业遗产研究室《中国农史》编辑部　二首

江天寥廓处，飞帆去若停。依崖秋树紫，绕阁暮山青。
动乱十年事，媸妍百喻经。书生多爱国，贮美在心灵。

纵笔写怀抱，江天万里情。丹林经雨润，巨舸得风轻。
报国难言老，尊农不辍耕。一刊通四海，点逗总新声。

（1983 年）

## 春日江宁镇旅社赠沈飙　二首

周郎桥畔柳丝长，渐觉春风笔底香。
点校原来非易事，纵观何处不文章。
三山二水崇前制，北陌南阡爱此乡。
难得讽吟共晨夕，剪翎老鹤忽高翔。

碧柳春风村店香，酒酣耳热兴同长。
君年少壮意气盛，我鬓婆娑胸胆张。
寸管有情炼五色，一桥如月系双塘。
校勘又得推敲乐，不羡莺花未是狂。

（时同在江宁印刷厂校《中国农史》，暇时对榻谈诗，乐甚，余以彩色笔书此二诗于初校稿之背。）

（1984 年）

## 城西干道 21 路汽车上作

三月晴和树欲芽，依城广道好驰车。
烟光忽浸楼台紫，无数泡桐齐著花。

（1984 年）

## 金陵新咏　四十首录四

### 燕矶临流

洞口薜萝春色稠，何劳铁索锁孤舟？
一双燕子凌波去，剪却江南万古愁。

### 栖霞丹枫

古刹深藏又一奇，满山都是牧之诗。
岩头千佛俱沉醉，红透霜林夕照时。

### 狮岭雄姿

洩雾千年龙洞古，横霄一脉玉屏回。
山花岭草俱生意，沉睡雄狮慧眼开。

（江浦老山又名玉屏山，狮子岭接老山龙洞。遍山林木苍蔚，又多药草。兜率寺在狮子岭，为佛教名刹。）

### 石臼渔歌

石臼湖水碧粼粼，红日清风浦溆春。
鼓枻千舟歌自好，承包已到网、鱼、人。

（石臼湖在溧水、高淳县境。）

（1986年）

## 意游定山　三首

春雨泠泠夜，驰思江北山。草堂何处著？清气翠微间。
卓锡千年古，珍珠万斛寒。翁真如活水，洗我市廛颜。

（定山即大顶山，在浦镇西南。明代大学者庄昶，字孔旸，隐居定山廿余年，讲学于此，人称定山先生。庄自号活水翁。珍珠、卓锡均系泉水名。）

风日清酣处，崖泉迸作珠。一朝新囿起，百里美名趋。
喜客心莹净，灌田力厚腴。吾乡有美质，多半在樵苏。

（珍珠泉又名喜客泉。游人于泉边拍手欢笑，则水珠更涌。珍珠泉水库，即顶山水库，可灌溉附近数百亩良田。）

少小在乡里，传闻偕白沙。清泉吟苦蓼，白马剪灯花。
悯世难为政，亲农便作家。白头未瞻访，江上愧浮槎。

（庄昶曾与广东陈献章、江浦石淮等四人联诗于江浦城东之白马庵僧舍有“灯花喜对床”句。陈，新会白沙里人，世称白沙先生。昶有诗文集曰《蓼莪堂集》。昶曾上疏明宪宗，规箴内廷勿张彩灯，遭廷杖，谪官。又有诗云：东南米价高如此，江淮饿殍千家哭……）

（1986年）

## 野　柿

白下重阳菊未攒，纷纷车马扑尘阛。
谁知秋在北山里，野柿如花万颗丹。

（南京钟山称北山，江浦县境内老山亦称北山。）

（1986年4月）

## 寄赠雍太忠

昨接小雍函，殷殷挂念我。自言别三年，诸事皆云可。
既扬生活帆，又撷爱情果。我为作图画，笔墨亦婀娜。
清溪杨柳长，乡思几摇簸。君家赭洛下，幼与耕牧伙。
淳朴有祖风，读写父能佐。小牛初交格，不惯尘闩锁。
我非旁观人，策骏忘老跛。登楼发吟哦，时复诫偏颇。
何意蒙契赏，浓情驰江左。驽骀得徜徉，焉用惜坎坷。
翘首祝奋行，快足勿受裹。颔予者谁何，窗前凤尾鞸。

（1986 年）

## 赠宋蔚若

卫桥水潺湲，卫岗树错综。三年事校勘，朝暮劳迎送。
秋色满郊畿，钟阜怜飞鞚。文心久冷涩，睥睨有屈宋。
不作挐云字，不作遏云弄。伏首窗牖前，坐畏驹光纵。
潜心究《农说》，汲古为今用。惓惓忧农心，又复嗟麟凤。
中华古文化，当为世所重。民族好传统，当为今所奉。
无如俱醨薄，积弊难扭控。与我语道边，侃侃真可恸。
愤言非杞忧，丹衷凭谁供？一叶既蔽目，不见泰山众。
此憾古皆然，尔我当自讼：楼头置兰茝，偏与莸同梦！

（宋君名湛庆，农史学家，有专著《〈农说〉的整理和研究》）

及其他著作。正直不阿，余畏友也。君善书法及京剧昆曲。）

（1987 年）

## 赠日本学者渡部武先生

六月十三日，雨中到校为农业遗产研究室撰联赋诗，赠日本农史学家渡部武先生并即席书之。

联：

**渡**一衣带水，耕织有图传可证；
**部**百家言著，扶桑多慧友兼师。

诗：

五月钟山雨，阴阴绿满畴。友声期砥砺，学术仗交流。
耕织中华事，图吟域外留。中兴看此日，临笔意绸缪。

（渡部武先生系日本东海大学东洋史研究室研究员，对我国农书《耕织图》深有研究，著有《中国农书〈耕织图〉的流传及其影响》一书。）

（1987 年）

## 日本学者坂本尚先生来农遗室访问，用鲁迅《送增田涉君归国》韵赠之

钟山秋共扶桑好，一棹飞来系嫩寒。
古字农书待移译，日中友谊灿千年。

（1987年）

## 老山林场

我是江浦人，当爱老山春。蹉跎五十年，拜谒苦无因。
吴生善邀约，驱车江之滨。浓绿展画卷，微雨浥轻尘。
驰身崖翠间，葱茏景象新。林场五业举，闻之长精神。
小坐山廊下，云气往还频。诸峦露层碧，静对倍情亲。
老山不曾老，我亦返童真。下放苏北时，平原惟古津。
无山参朝暮，夜夜梦嶙峋。我鬓白已始，山鬟青无垠。
酌青以染白，感慨何由陈！

（1987年）

## 大运河颂歌

运河之水何处来？运河之渠众手开。
可航可灌可宣泄，纵联四省功伟哉！
君不见黄河长江俱横向，独此大河贯南北。
自古人定能胜天，亦能胜地地穿脉。
上自春秋下元明，一锹一畚皆人力。
昔人不知己命运，一河开成万家泣。
古之航运为独夫，锦帆彩舟血泪图；
今之航运为众人，南粮北煤调剂频。
三河闸控水位匀，江都枢纽水回萦。
稻田岸树绿如氈，亘古未有此升平。
云帆春水三千里，料应难载今人喜。
我歌未尽运河美，放笔浪浪书满纸。

（1987 年）

## 次散之师《论书十绝句》韵，赠吴昌根同乡　十首

柏有岩兮竹有坡，少年能爱砚池波。
何期一勺白门水，又向秋窗忆薜萝。

秋风一叶忽铿然，野径泥墙护半圈。
推纸时聆农父语，杨家墩里识真诠。

策蹇行行江上途，麦黄秧绿媚村夫。
未须托钵盟山岳，砚侍草堂道不孤。

古盐河上萧萧竹，扫尽城中百丈尘。
我爱此君避蜂蝶，曳烟摇露独风神。

可爱原头一老牛，秋来草尽叱声柔。
因耕辍读天机在，文字功夫那便休。

笔从往处还求复，墨到圆时意便方。
师不吝教徒有得，兰香幽谷不称王。

铺子已开百货同，我不能沽实自雄。
一勺春水宜蝌蚪，何必僵枯诩作龙?

莫慨尘间百不如，坐忘午酉任虚诬。
书传自有平原节，不学天师鬼画符。

秋窗白首尚称奴，片月娟娟正照余。

诗已三千词五百，挥毫待草吓蛮书。

论书不作细评论，原上归来感厚坤。
十首微吟酬一笑，人间又凿斧斤痕。

（1988 年）

## 寿石吟　十三首录九首

轩中有寿石，举世吁难选。石中少伯乐，谁具骊黄眼？

轩中有寿石，浑是太古色。磨磷铁衣湿，突兀秋涛白。

轩中有寿石，臆对穷其委。五色供女娲，黯黪沉弱水。

轩中有寿石，缄默若无想。其思飘云外，又铸危涧上。

轩中有寿石，偿我儿时愿。不赭亦不赤，墨云腾寸寸。

轩中有寿石，千秋堪俎豆。尊严若老君，岂止瘦漏透？

轩中有寿石，蹲处小坛台。劫历沧海澜，何惮翳细苔。

轩中有寿石，陋丑不余悖。白首莫逆交，纫芸以为佩。

轩中有寿石，峥嵘示心魄。石寿人亦寿，长伴青灯夕。

（1988 年）

## 勺庵对石

无数人间笔墨痕，几人识得此中春?
构图自破平生习，谈艺当求千岁新。
黛簇烟峦贪稚拙，利薰世态有温辛。
何如抱膝窗前坐，海石云天看古皴。

（1988 年）

## 为农遗室书贺华南农业大学农史室梁家勉先生八十寿辰

中华农籍古，钩探有梁翁。八秩身矫健，四方谊厚浓。
笔耘禾覆地，帏卷海涵空。黾勉同声气，欣看荔子红。

（梁家勉，广东广州人。华南农业大学农业历史遗产研究室主任。广东省农史研究会第一届会长。长期从事我国农业历史遗产整理工作。对《南方草木状》、《齐民要术》、《诗经》中之生物学等，尤有深入的研究。）

（1988 年）

# 己巳上元淮阴孙步坦寓庐作

诗谊江淮阔，主宾琢句忙。褐披村老爱，锄恋野畦香。
俱入平凡字，犹躭畴昔狂。窗前一密咏，好雪灿吾章。

昔爱绿肥句，今联白雪吟。小炉围炭火，大野话农心。
政自诗书洁，交因道义深。绕园癯柏翠，能耐晚寒侵。

莽莽缽池雪，助人旷荡吟。一庭飞絮白，寸管铸思深。
但得亲寒庶，何庸问忮心。为官与为学，总不受尘侵。

诗富邦能裕，名微句实雄。铿铿存一卷，灼灼压千红。
色酽茶花似，神清积雪同。与君真知己，不逊古人风。
（步坦特置山茶花二盆以待我来）

琢句忘炊饭，敲门亦不应。一时融尔汝，百世重知闻。
雪许肝肠映，墨堪忧乐蒸。鬓青终可改，不改是丹忱。
（步坦曾任涟水县长，司农业，推广绿肥，改良碱土，大种水稻，卓有贡献。《中国农民报》等报刊有题为“绿肥县长”等专文宣传颂美之。后任淮阴地区劳动局长。现离休，为淮阴诗词学会副会长。）

（1989 年）

山前春漲漸平溪茭樹
雜花一徑連延日西疇已
綠遍延帶布穀繞柳
啼
題畫一首
己巳年二月 人敬

## 姑溪题画

山前春涨渐平溪，茂树幽花一径迷。
近日西畴已绿遍，还劳布谷绕村啼。

（1989 年）

## 晨窗偶书

用韩退之《南溪始泛》韵　录一首

晨坐蒲石斋，风爽意闲远。幽事负平生，发晞青不返。
白袷在村原，霞烘刘桥晚。邻翁披褐来，共就粝篱饭。
淡淡牧歌扬，疏疏桑柯偃。为言笔杆重，锄轻岂当挽。
谁复使之然，蛮荒有高蹇。

（1989 年）

## 应樊庆笙教授嘱，作诗、画赠来校访问的日本紫云英学会会长长田研一先生、常务理事木村久吉先生等人　四首

养土增肥利稼耕，江南一片紫云英。
写来不尽蒸黎爱，赠与东瀛更有情。

锦绣江南一片云，紫云覆处黄云腾。
中华播爱东逾海，我爱我师樊庆笙！

（以上二诗题画《江南春好》赠日本紫云英学会。）

**长**治久安农为本，**田**家新景紫云英。
**研**之种之养地力，**一**番晤见两邦情。

（此藏头诗赠会长长田研一先生。）

东方甲乙**木**，紫云布**村**陌。日中友谊**久**，粮足乃大**吉**。

（此嵌名诗赠木村久吉先生。）

（1990 年 4 月于南京农业大学）

## 夜半作，拟题画，可遍题吾画也

看山得朗润，看水得寥廓。君心能如此，吾画不妄作！
看山得巍峨，看水得灵活。君行能如此，吾墨不妄泼！

（1991 年）

## 宗良纲为治“耕烟犁雨”印，作诗谢之

徐舍宗生善治印，为余治印取笃信。
迩来奏刀出天然，一印凿成大地震。

揽夕楼头焕朱颜，宛如同在村原径。
濛濛春雨赏茅屋，耕烟犁雨蓑笠映。
爱农乃有原上吟，尊农方刻爱农咏。
农校之人喜吾诗，此印能使诗价振。
朱红映墨墨光腴，白痕零雨农心润。
阡陌萦带秧针浅，春泥陷蹄牛缓进。
牛之淳朴如老农，牛后人如牛之劲。
我曾牵牛犁芋垅，老农喜我有诚性。
原上学耕烟雨亲，回城仍觉锄犁并。
君知我心镌此景，浮名薄誉皆可摈。
捧君此印三稽首，畦边砚边情无尽。

（邻翁王力奴住楼名“揽夕”。翁曾下放泗阳。）

谢良纲为治“耕烟犁雨”印　34cm×65cm　1991 年

## 梦刘桥　十一月十七日（农历十月十二日）

梦到刘桥草舍西，正与邻老话盐齑。
村原雨住景奇绝，万颗明星照烂泥。

（1991 年）

## 又梦刘桥

夜黑社场路不遥，依依我又梦刘桥。
禾堆转处鼾声起，银泼金浇月一瓢。

（1992 年）

## 感赋三章　录一

少年有豪气，曾为猛虎吟。柳絮飘潇潇，战马鸣喑喑。
悯农烟雨里，寻师江上林。长大历忧患，斯文一脉承。
虽有爱国忱，却罹蝥蠹侵。辍砚耕原上，昭昭天地心。
孰谓书生迂，歌诗慨在今。

（1992 年）

## 题画赠当涂八六医院邓诗超院长

诗句藏青岫，超人爱白云。我来姑溪游，因得识邓君。
岐黄为济民，复好诗与文。谓我才思捷，我愧法右军。

俯仰视宇宙，宏微杂莸薰。姑溪怜春雨，草色碧于裙。
高楼明月夜，清婉布谷闻。君怀澹如此，我诗生奇芬。
绘出山水图，聊慰宵旰勤。

（1992 年）

## 谢余军医家超

超然是专家，赠余好齿牙。明朝归白下，带雪嚼梅花。

（1992 年）

## 峨眉山雨歌　次太白《峨眉山月歌》韵

峨眉山雨洒清秋，岩谷云飞黛欲流。
洗尽尘心下三峡，湛然一勺报神州。

（1992 年）

## 游峨眉赠内人

一勺蕴大千，峨眉如一芥。身在峨眉中，心在峨眉外。
佛力本无边，其根在一爱。我尔千里来，虔诚同膜拜。
颠踬四十年，爱心时时在。峨眉为低眉，示我绿世界。
叶叶有清芬，幽邃穿无碍。千林张苍秀，山灵智慧大。

复化相思子，故向路边卖。我贮一瓶归，酽红粲万黛。

（山民们铺草药于道旁竞售，余笑买红豆一小瓶赠内人。）

（1992 年）

## 登黄石寨作歌

张家界，画世界。亘古画卷今始开。游人得登黄石寨，目不暇接口钝獃。无数仙翁九天来，或拱或揖各庄谐。肩披缨络袒胸脊，腰系翠裘锦绣堆。岚气氤氲出高谷，群峰下瞰嬉与偕。谽谺恍在蛟宫里，漾青涵碧浸藻苔。倚空万仞、直是小李将军笔，峰回嶂立、斧劈钩连有玉阶。不知天公何以要设此，乃教世人千里趋奔永惊猜！诗人画家对之皆敛手，惟知嗟叹欢欣环顾叫美哉。我是金陵一勺水，恨不化作酒千杯，敬奉诸仙共一醉，一杯一盏倾琼瑰；我是碛桥一块石，恨不跻身此灵台，乞请天公重铸我，一棱一脉脱凡胎。共一醉，脱凡胎，昂首天外，呼吸元气示真宰，长令奇美尽在人间世，代代祥和峻洁无氛埃！

（1992 年）

# 伏龙吟　为中国农业遗产研究室作《都江堰图》，题之

一九九二年十一月初稿，一九九三年七月改定

都江堰，斗天图，人力分江江缓舒。岷江雪浪下天衢，巨龙奔啸雷霆趋。蜀守李冰率千夫，御患为利立神枢。凿堆切流杀沫水，笼石筑堤断其胸。截角抽心低作堰，深淘滩底稳其躯。金刚玉垒相挟逼，引入宝瓶敛其须。前有鱼嘴后飞砂，治首理尾灌万渠。禾黍总无旱涝忧，川西平原尽膏腴。堰为农本国之资，立堰护民千载需。九百万亩美胜昔，蜀人勇智今不渝。农水古训耀耿光，中华伟绩世所誉。

都江堰（中国农业遗产研究室藏品）　94cm×178cm　1992年

都江堰，伏龙图。都江堰，骊龙珠。

（李冰治水原则："深淘滩，低作堰"。"遇湾截角，逢正抽心"。诸葛亮语："堰为农本，国之所资。"）

（1992 年）

## 石　语

我居一勺庵，院有一块石。其貌颇不扬，嵚崎在其质。游罢青城与峨眉，方知此石本来奇。"看似平常却奇崛"，荆公此语庶得之。峥嵘铁骨籀篆文，风捲云缠千皴痕。不缀藓苔有古意，不谙娲仙有仙气。灵根不在林泉下，遁入河阳宾虹画。慰我幽独两清腴，诗思惊诧忽盘纡。大峨岭下黯风雨，洗心亭口双虬翥。白湍黝岩斗琮琤，飞来一拳憩小圃。细蒲矮棕映日光，秋窗臆对语锵锵："峨眉桥桩到东瀛，流漂万里结善因。洒家亦自峨眉至，报君幼年诗所纪：'绛石轩中绛石仙，轩中绛石吐云烟'。吾无烟云吐向君，裸吾体兮袒吾心：君性婉美太多情，俗累所欺囿于今。何如缄閟学无生！吾之形状丑且怪，森森棱角大自在。吾之陋丑乃文采，吾之怪默乃真爱。千岁万祀不转移，千岩万岫藏一芥。"——一芥在庭伴一勺，峨眉青城不可凿。

（"峨眉山下桥"桩：1826 年流程 6 000 公里漂至日本越后宫川滨，为良宽所得。桩长 7 尺，宽 3.9 尺，现峨眉山下筑亭、

桥以志此事。亭壁有良宽像及诗、桥桩照片与 6 000 公里流程路线图。斯亦奇矣！）

（1992 年）

## 当涂作　十二首录三

我与李太白，爱月是本性。但得弯弯镰，不必团团镜。

君邀明月醉，我邀明月睡。一睡胜千醉，秋星万点媚。

莫叹月之缺，应矜月之洁。其体仍为圆，皎皎总不灭。

（1992 年）

## 下放吟

我昔下放时，安危不自警。秋红栖远村，春碧忆狮岭。
少年耽书卷，深巷一灯炳。中年客江干，执铎丹心顷。
哦诗又作画，师承得概梗。文选肌理富，新安笔力猛。
席联管宁洁，镜窥仁寿静。祖母爱稚孙，篮中时储饼。
施礼师友间，蹊成桃李省。方庆书味腴，孰料堕厄境。
灵魂触风雷，一扫无駃颖。爝火渡舟喧，霜月村墟冷。
情亲老农语，疏篱补桐杏。浅浅蔬供盘，姗姗竹弄影。

已浣草堂砚，更涤灶前皿。野旷芋垄直，黄叶秋风骋。
我生未有涯，悲来天无顶。慈亲一辞世，云沉筝断绠。
归来强自适，萧然蛰乡井。发白不复青，何由娱暮景？
（此诗成后寄崔华霖、黄宜春夫妇，读而歔欷久之。）

（1993 年）

## 黑鬲歌　伤其伏枥也

踊儿自山东回宁，携一仿古黑鬲赠我，置书几上，对之作歌，其词曰：

淄博薄陶有古意，踊儿赠我此黑鬲。
其足为三不似鼎，其首仰昂若忧戚。
其腹鼓鼓其背圆，其喙向天眼的皪。
非是庚父酌殷觞，非是戊巳载周绩。
乃是齐东古辕驹，嘶风啸雨待霹雳。
系缨于腰孰为鞯？编鬃成柄凌车轹。
似闻金戈叱咤声，又聆九天神叹息。
所忧放置南山隅，刀战入库心沉溺。
莽莽大地蒸藜藿，荒荒长空鸣飞镝。
晏安酖毒古有训，杞忧无济今所惕。
我昔少时年十三，咏彼战马惊勍敌；
我今华发六十七，歌此鬲驹破岑寂。

岑寂中有苍生忧，忧我华夏轻夷狄。
鬲乎鬲乎尔莫嗟，自古英雄常伏枥。
（此诗1995年在北京召开的首届中华诗词研讨会上获得第一名。）

（1993年）

## 为日本友人岩浅满子米寿作画并题
（藏头格诗）

**岩**松蟠翠蕴春光，**浅**浅溪流绕屋长。
**满**径樱花迎客笑，**子**规声里插秧忙。

（1994年）

## 甲戌二月游大浦，作于周小德家

刘桥农事远留痕，来访周桥大浦村。
浩浩太湖窥小牖，丝丝弱柳沐春暾。
壶因人爱稍提价，主为客夸喜抱孙。
画册未成诗却富，推敲一字万金论。

（1994年）

# 贺南京农业大学八十周年校庆　二首

钟山之绿绿何浓？下有“南农”气象宏。
学子三千勤习处，耕烟犁雨播春风。
中华自古重农桑，庠校于今讲授忙。
济世养民肩大任，神州嘉谷五洲香。

（1994 年）

颂南京农业大学二首　38cm × 75cm　1989 年

## 夸耀咏 赠徐慧君医师并示淑娟

清晨医而慧者来，小篮边摘马兰菜。
勺庵夫妇俱好客，一卷诗文为招待。
不说荆溪紫砂腴，不谈白下市廛隘。
述我刘桥诗境幽，桑竹清阴尘嚣外。
牵犁本有尊农心，锄草还疑佛氏诫。
归来颠簸几苍黄，踌躇岐嶷鬓非黛。
孤芳亦当能自赏，完成自我须自爱。
缄默如砚静波澜，不夸耀有夸耀在：
素楮页页密密字，字字行行存真态。
仗尔娟娟佛肚竹，容我芸芸诗世界。
上承子美怀黎元，下慰遗贤振百代。
现实与诗两叠映，荆天棘地步能迈。
主人矜夸自家诗，更有三分夸裙带。
五噫之歌未毕述，荆布之颜已嗔怪。
客闻而笑语主妇：如此夸耀是崇拜!

（1995 年）

## 首届中华诗词研讨会上作

京华开诗会，扬我中华志。济济一堂中，轩轩千里至。
风云资呼啸，系切黔黎事。研讨主旋律，磨洗出新媚。
耆老心正少，少者嗣前辈。抒吟爱之怀，天葩灿万代。
（1995年10月28日北京门头沟百花宾馆。）

## 痴吟歌

香山红叶深红时，江南诗人来咏诗。
十三秋窗号诗奴，六十白下称吟痴。
今届古稀矜老迈，苍莽之笔任驱驰。
京华十月诗词会，研讨改稿张鼓旗。
门头沟上秉廉正，《诗探索》须探索之。
（“诗探索”与“中华诗词”合办此会，因“诗探索”意在多索取到会员会务费群起反对，余即上讲台作诗抨击之。）
“诗人高洁不贪钱”！一语破的满堂嬉。
开幕式上献巨画，张家界迥万峰奇。
万峰乃似诗人笔，苍古峻峭耸翠罴。
放歌欲效太白语，清雄兼以东坡师。
有稿三篇皆厚重，忧国首瞻黑鬲嘶。
（《黑鬲歌》、《题都江堰》、《壶中天　为上海胡道静先生作

〈海隅读书图〉并和潘景郑老人》。)

都江堰立农之本，海隅书蕴学者思。
为诗若此诚可贵，振我民气扫颓靡。
五年前印《一勺吟》，今则一缽待装池。
嘤嘤友声起乔木，骚之传统或在兹。
北国霜晴见老红，中华书局识瑰琦。
列车南下阳光美，原野冬呈初春姿。
箧中积稿情怫郁，窗外徂徕青逶迤。
幼年我在大秦村，老山青青接北陂。

(《临江仙》,《三国演义》开篇词。)

堂上阿母做针黹，偶然教我“临江”词。
案上课文中华版，古诗饫我甘若饴。
青山夕阳几度红，写入小诗怨倭虀。
自订诗稿曰“墨痕”，自作序文矜所持。
彼时岂曾料及此，五百篇诗播华夷。
壮年我在江之干，顶山青青西城陲。
坛上教书忽罹罪，课余为诗竟遭笞。
儿诗被抄母心悲，搜求剩命命如丝。
残留一册随下放，刘桥寒夜伴灯帏。
“诗草”在几药在缶，竹摧月落母辞儿。
四海黯寂万民忧，寸衷如冰冰挂颐。
哭诉荒郊天泪堕，哀吟秋野星涕垂。

幼壮已逝儿痴老，诗痕如泪浸枯脾。
忽然香山飞红叶，召兵遣将为鼓吹。
泱泱华夏诗之国，国运民心卜之诗。
吾母今日若有知，快乐泪水当流澌。
泪光照儿儿泪尽，吟复吟兮痴复痴。
“梅到岁寒始见花”，我诗初绽岁寒枝。

（1996 年 1 月）

## 林散之夫子诞生百周年颂歌

公元一九九七年，江浦云霞簇满天，
咸来求雨祝公寿，公降人间即是仙。
中华百年风雨兼，中华文化尚亘延。
香港回归在今年，文化回归见倪端。
民族形式为特色，有诗亿万颂轩辕。
轩辕子孙重传统，诗文书画光斑斓。
三痴夫子若命笔，必也镗镗震宇寰。
草书已膺当代圣，生天成佛辋川传。
峨眉金顶太白雪，仙袂飘举画澄鲜。
岂止胸中罗子史，乃见精神寓山川。
岂惟诗书画称宝，尊师传道德尤全。
荔庵宾虹两耆老，桐城新安法乳源。

夫子少时奋且勤，孜孜兀兀坐青毡。
夫子壮作万里游，履艰涉险莽云烟。
夫子白头课群髦，戒语铮铮直如弦：
“读书去俗”金针在，吾邑堪为师之坛。
师乃惠济古银杏，希世之瑞寒翠繁。
又如狮岭巍峨碧，兜率之偈喜大千。
更如龙洞邃且迥，龙之蟠蜿雨露涓。
揽星甸兮西山紫，赭洛马鞍遥毗连。
挥乌江兮西楚戈，风云叱咤抨敌顽。
长江之长师所沿，五岳之高师所攀。
太湖之广师所泛，江南之丽师所搴。
春雨润涵茹柔刚，秋风燥裂摩胝胼。
百年之间万星躔，百年之内万象妍。
百年之情深绵绵，百年之诗健如椽。
中华诗载民族心，诗心民心两系牵。
公诗浩浩继遗响，乡国之爱满陌阡。
竹里一馆资吟啸，尘心但洗白云边。
壁有千岩岩竞秀，卷有万壑壑鸣泉。
求雨雨甘禾苗长，求风风和百卉芊。
求仁得仁后昆宜，求义得义先贤贤。
夫子百年利百世，雨金雨粟有之焉！

（1997年12月7日）

## 赠孙然良

清晨孙郎来，带来乌江薯。更有散翁字，一联曾赠与。
“清吟可愈疾”，乡里沐春雨。同承华夏志，耕读互温煦。
我虽号野农，胼胝不及汝；汝虽读书迟，秉锄能种黍。
笔杆亦爱持，临池得真趣。读诗在茅屋，青山本相侣。
既访一勺晴，霏霏墨华翥。石碛秋色妍，薪传潜所许。
缅怀江上村，高风旷今古。

（1997 年）

## 寄北京傅璇琮

盛夏无他事，澡雪吾精神。拈此圆珠笔，怀彼璇玑人。
傅公起版筑，国故整理新。中华有文化，铅椠乃梁津。
兀兀匪常务，探究唐宋醇。汗漫充栋宇；纠葛骇荆榛。
风雷灼华夏，石柱留皲皴。忽印此一勺，理肌不为贫。
千首郁参差，各纪岁时春。少小爱禾黍，老大侣耕民。
恂恂善为宝，棱棱蒙风尘。京华九五会，传统重经纶。
踽踽原上咏，竟为学苑珍。上承三百篇，下攀李杜邻。
匡时效元白，激荡比苏辛。微言可兴邦，旨在风俗淳。
欣得同袍子，致此性情真。太平桥西里，白下安乐村。
峥嵘惜日月，奋迅感乾坤。湖蓼红腼腆，钟阜青嶙峋。

皋青公之目，蓼红我之身。烂熳共秋光，昊天诗无根。

（1997 年）

## 戊寅年初八师生欢聚江浦歌

我是丙寅虎，戊寅七十二。三十八年前，我方三十四。
供职寓两浦，课徒五十位。家长在铁路，语带天津味。
朴质传子弟，学皆见德智。我能为人师，顿扫积年恚。
清纯掬素心，以文润群稚。作坯灿泥巴，插秧捡莲芰。
我师板道工，夜深风雪恣。课徒兼课己，中华传统继。
一九六〇年，汝侪初展翅。一别卅余载，音讯偶能递。
何期来江浦，有此欢聚会。昔别方束发，今已做长辈。
互问皆有为，气度咸爽利：有为银行长，廉正人钦佩；
有长中小学，育人秉经纬；有在小车站，轨道绍家世；
有在大粮店，生活供琐细；有管工商业，有站营业柜，
有下岗职工，有小厂书记。车间配件组，街道居民事。
其业社会需，其家长幼悌。道路虽艰虞，曾不颓其志；
工作虽有成，亦不骄与肆。观汝十八人，余心大快慰。
岂止校之珍，直是民之瑞。忆我遭浩难，谪居盐碱地。
书课黄营灯，耕咏刘桥穗。入城勘农史，退休展图绘。
匀庵理吟缄，蒲石有闲致。一吟《黄山行》，众惊云海閟；
再吟《黑鬲歌》，众识安危思。中华要好诗，文明待匡济。

江浦庆出版，煌煌首发式。散木出迷濛，求雨山更媚。
资助仗邱、任（邱云、任玉珍），感激溢老泪。
自古师道尊，君亲不足贵。诗载民族心，照耀全人类。
我是一教师，汝侪毋我悖；我是一诗人，诗为汝侪砺。
一勺吟大千，人生多壮丽。春节压岁钱，四百二十字。

（1998 年 2 月 4 日）

## 丁丑秋日题画

我得山水情，乃作山水画。浸沉六十载，惭在古人下。
世途多坎坷，笔墨未曾罢。艰虞少游旅，筇舄亦扶驾。
五岳只及岱，千湖偶一跨。栖栖一勺中，烟云时掩亚。
或鼓春江帆，或聆秋涧泻。或揽霜崖月，或登风雷坝。
或赋水龙吟，将台点岩罅。或画张家界，峨眉供叱咤。
虽乏宾虹笔，足令散公诧。浑厚化疏朗，邃密忽蕴藉。
百卉乐华滋，漱含若啖蔗。要之有性情，毋劳壁上挂。

（1997 年）

## 勺庵题画 三首

江山入画里，炫碧更留朱。帆送诗心远，桥连林影疏。
散公钩勒未，宾老莽苍俱。岁月峥嵘志，临池愧弗如。

画里吟痕轻，个中不世情。读书期去俗，浣砚净秋心。
收拾顶山翠，徜徉钟阜青。江城慰华发，斑驳墨初停。

我是丙寅虎，戊寅七十三。朴淳传子弟，点画付云岚。
黑鬲思危咏，黄山悟道谭。小斋躭一勺，万象大千谙。

（1998 年 10 月下关安乐村）

## 卫岗新居忆旧　八首录三

### 其一

卫岗躭雨夜，书窗何独嗟？友来诗有讯，老去学无涯。
庭耸棕榈树，砌闲天竺芽。何须言屋小，江上有长槎。

### 其四

我家在石碛，五月忆耘田。叱犊歌声好，开犁垡色鲜。
徜徉堤柳下，吟咏夜檠前。一自江皋劫，伤神忍再还。

### 其七

教我者慈母，门前锄菜畦。焉知四十载，原上雨凄凄。
农妇来音问，学童述课题。泡桐今在否？倘自兀南溪？

（2000 年 1 月）

## 颂华夏 （用杜甫《洗兵马》韵）

新纪元始紫气东，神州待见九州同。
如磐风雨终朝过，万悦千欢旭照中。
开放搞活自邓公，一国两制有殊功。
紫荆莲花归故土，日月潭心怀汉宫。
智不惑兮勇不惧，仁者之师矗崆峒。
河岳正气绵绵在，龙虎吟啸泱泱风。
忆昨大地生宵小，雨零花落知多少。
英雄泪揾长江悲，志士弓张秋星杳。
百业力排“豆腐渣”，陈年积弊一朝扫。
科教兴邦重人文，新声处处闻春鸟。
东南佳气郁葱葱，西油东输翠带绕。
庚辰初试轩辕镜，辛巳一鸣雄鸡晓。
方今潮流势可当，有冕无冕竞称王。
十三亿人一巨阙，辟邪堪胜强中强。
拒腐当学“好八连”，旷达应师张子房。
毋为昙花匆一现，伟哉河山莽苍苍。
一饮一啄莫忘本，中华自古重贤良。
传统文化待复兴，民族之运必久昌。
献策献计丹心贡，我有箴言虔相送：
文明本是指南针，勤俭胜如金银瓮。

世间万物土中生，阳光雨露生之颂。
爱农爱工爱儿童，乃是万世之春种。
犁开华夏武陵源，何须空说华胥梦。
贵在崇重吾生民，人尽其材地尽用！

（2001年1月）

## 中华人民共和国成立五十五周年

擂坤轴兮鸣天鼓，庆我国庆五十五。
多难兴邦古有训，披荆斩棘绳祖武。
固本当培国之基，利民务去官之腐。
锦绣田园稻粱丰，焉能食耗任硕鼠？

开道锣兮进军鼓，庆我国庆五十五。
万众一心奔小康，农为国本科教举。
立党为公无私偏，执政为民民是主。
锦绣河山蔚蓝天，神州泱泱春风煦。

震世钟兮胜利鼓，庆我国庆五十五。
旦复旦兮卿云歌，生生不息华夏土。
千欢万悦奚自来？轩辕子孙力所聚。
锦绣前程锦绣篇，献丝献缕待吾汝。

（2004年）

## 新世纪始，《历代咏农诗选》编成，后记九则

辑此咏农诗，爱我华夏人。吾土养吾民，万世农为尊!
辑此咏农诗，爱我学农人。知今不鉴古，焉可能创新?
辑此咏农诗，爱我古诗人。诗载民族心，字字重千钧。
辑此咏农诗，为爱现代化。神农得新技，丰稔甲天下。
辑此咏农诗，当谢诸同行。著录皆吾师，有谬祈相匡。
辑此咏农诗，当谢校领导。诲人兼诲已，素质共提高。
辑此咏农诗，再辑近人作。为农代言人，愿承轩辕诺。
读此爱农诗，当做兴农人。农为国之本，大任在尔身!
读此爱农诗，可获真善美。为农以济世，其心美无比。

（2001年5月）

## 贺南京农业大学刘大钧校长晋升为院士，作《秋岩探秀图》赠之，并题

秋岩酽且静，秋泉清愈冷。苔色含古香，云光逗松顶。
中有佳胜处，茅茨苫幽境。譬如治绝学，初无路可骋。
足疲目不逃，芳菲杂菌瘿。抉选亦何艰，获取亦何幸。
当其陟层巅，华滋呈俄顷。道由白云深，心与碧涧永。
回顾来时径，烟霭滃万岭。

（2000年）

## 题画寄呈顾毓琇老人　五古一首

吾爱丘壑美，乃自童年始。乡镇寡见闻，石磧画秋水。
从师江上村，粗识新安旨。中年颇坎坷，蛰吟白下市。
风雷霁平芜，原头负耒耜。迢递梦黄岳，将台点垤蚁。
偶揽钱塘白，得瞻岱阙紫。灵岩枫未红，匡庐松稍倚。
前年游峨眉，云鬟并肩起。双筇叩黄狮，苍莽入旖旎。
“展卷”认从文，缅怀凤褐子。白袷掇莲花，丹蓼生寒沚。
（南京大学吴白匋教授著有《凤褐庵诗词集》。）
栖迟虽一勺，烟岚时在几。作画能淡雅，曾博“冰茧”喜。
（四川大学缪钺教授著有《冰茧庵丛稿》。）
蜀叟似蜀山，他山那堪比？清泉浣我耳，白石砺我齿。
人间要好诗，中华万代祀。真美在质朴，绘事野胜史。
知翁爱此境，呈之求臧否。包孕吴越情，庶可驻黄绮。

（2001 年）

## 赠马万明

因是南通籍，频年探啬庵。心明目力济，史证稼情艰。
万蚁披长卷，一萤照巨澜。勺庐正爱汝，“坎坎”待同参。

（张謇〈1853—1926 年〉字季直，号啬庵。南通人光绪状元。近代立宪派，民族资本家，著名的实业家，教育家。1913

年任农商总长兼全国水利总裁，是成立于1917年的中华农学会名誉会长，终生致力于振兴中华的爱国主义者。

农业遗产研究室农史研究员马万明亦南通人，参加历届张謇国际学术研讨会，有论文多篇，受到国内外学者好评。马君视力甚差，而勤奋异常，撰农政、棉作史等论著甚广，与余友善。余幼年曾见张謇墨迹为马君言之，同受启迪。张联文为：“群蚁披书卷，孤萤绕篆香。”

“坎坎”:《诗经．卫风》“伐檀”三章各章之首句为“坎坎伐檀兮”。)

（2003年）

## 和孙步坦兄《自警》韵

十月涟城道路平，黄营徐集喜秋成。
稻禾不负兴农愿，渠水长萦洗碱情。
书可医贫唯实践，诗逢知己壮平生。
细推物理须毋我，何计风尘社稷名!

（2003年）

## 南京梅花山园林管理处诗会上即席口占　二首

万树红肥好，千枝绿不瘦。寄语看梅人，总有香盈袖。

我爱万树梅，更爱护梅人。护梅如护我，使我得芳春。

（2003 年）

## 闻鹧鸪　卫岗校园作

清晓鹧鸪啼，唤我童年忆。杨墩枣花香，秧田绿也未?

清晓鹧鸪啼，唤我故乡晴。碛桥老柳湿，溪上半虹明。

清晓鹧鸪啼，唤我刘桥雨。盐河一帆移，五载农牧语。

清晓鹧鸪啼，唤我顶山春。珍珠泉一斛，撒遍浦口城。

清晓鹧鸪啼，唤我卫岗夏。钟山青在望，灼灼花满架。

清晓鹧鸪啼，唤我忆荆溪。善卷读未完，省庄绿欲迷。

（2001 年）

## 江心洲十唱

### ——江心洲葡萄节文人笔会上作

江心洲，好风光。卅里长堤长绿杨。
树能“两栖”靠活力，人能致富靠开放。

江心洲，花果乡。千里葡萄闪紫光。
葡萄牵蔓结甜果，江心洲人幸福长。

江心洲，胜画图。长江之上一明珠。
人勤土地更肥沃，汗浇庄稼绿更腴。

江心洲，绿悠悠。风物清新好旅游。
经营休闲观光带，如画如诗小竹楼。

江心洲，丰乐园。农家野趣菜肴鲜。
绿色洲渚绿色居，江村食宿美而廉。

江心洲，农文化。开轩把酒话耕稼。
一片荷塘飞白鹭，诗怀野趣共潇洒。

江心洲，风光好。长江壮阔波浩渺。

金陵看江此处佳，画家落笔得新稿。

江心洲，梅子洲。梅子黄时君来游。
一川烟草情如许，满城风絮更无愁。

江心洲，泊江心。一船翡翠江上停。
我等皆是画中人，感谢主人服务情。

江心洲，诗画舟。眼前好景唱难休。
我歌那及江洲美，请君珍此一日游。

（2000年）

（注：这是江苏省文史馆馆员的一次活动，我临时起草并对游客朗诵，获得热烈掌声。）

## 江心洲中秋月口占五绝 十首

明月照江心，皎然如我心。江洲无限美，使我发高吟。

明月照江洲，我来咏中秋。春华又秋实，农民大丰收。

明月照江波，清影舞东坡。婵娟千里共，不再别离多。

明月照青天，举杯邀青莲。今夜小竹楼，个个是诗仙。

明月照竹楼，江明水悠悠。一夕中秋咏，能销万古愁。

明月照金陵，金陵万象新。中秋月团圆，中华庆太平。

明月照中华，清光送万家。人人水晶心，不做“豆腐渣”。

明月照扁舟，扁舟江上游。我得诗千首，不用一钓钩。

明月照酒杯，诗向杯中来。饮得月光满，因之吐琼瑰。

明月照长空，诗心与之同。我诗吟不尽，吟到太阳红。

（2000 年）

（注：此稿写成后，有关单位未及组织遂未用。）

## 一勺庐题画

我有童心貌亦童，未忘原上侣村翁。
诗吟一勺三千首，画继散虹水墨踪。
春雨滋涵江草碧，秋岩苍莽岫云通。
移家卫岗儿童喜，指说斑斓添老红。

（2002 年 4 月）

## 题《单人耘诗书画集》尾页

习作未佳佳作难，墨痕点簇记忧欢。
诗能砺己非标榜，画可怡人耐展看。
时代风云留激荡，胸襟丘壑入高寒。
散翁太息匋翁哂，之子蹉跎心尚丹。

（2002年12月）

## 题《钟山·布达拉宫》图

2003年7月，南京农业大学党委书记管恒禄、组织部长盛邦跃、教务处长陈万明等5人，往访西藏农牧学院，看望正在西藏援教的李太平、李俊龙两位老师，并向该院院长桑珠赠送我为此创作的象征藏汉两族友谊的《钟山·布达拉宫》大幅图画。画上题有“藏汉情深，科教兴邦”八个篆字，并于画额上方书此诗。

钟山之绿绿何浓，下有南农气象宏。
学子谆谆勤习处，耕烟犁雨播春风。
祖国处处春风煦，西藏农牧建学府。
雪山之白白皑皑，牛羊遍野云暖暖。
迩来两校频交流，藏家子弟志气遒。
科教能令高原富，唇齿相依山河固。
教学实践贵创新，情满南农支边人。

旖旎粗犷俱有情，钟阜藏原同一春。

（2003年7月）

## 中华农业文明研究院成立八十五周年颂歌

农为吾民之所本，中华农业世之珍。
民食为天天哺人，吾土吾民力通神。
神农后稷福后代，中华世代重农耕。
自有文字记人天，探究自然为民生。
“卜雨”、“协田”甲骨字，“载芟”、
“良耜”《诗》所志。
农史典籍渊源存，宝之用之宜子孙。
猗与八十五年前，金陵建业树一帜。
以史为鉴农为本，成立农业遗产室。
人民政府重农业，乃兴百代之建设。
农业部是龙之首，《中国农史》风云骤。
善宝院长国之宝，以史为宝善倡导。
国鼎教授鼎之足，农书史册奠基石。
搜求版本罗散佚，摘抄方志供评析。
又复访录具规模，组织协作到原隰。
分门别类深探讨，农艺水利与牧畜。
志于斯者皆才智，兀兀穷年头半白。

但祈古能为今用，曾不趋时求闻达。
爰著《中国农学史》，煌煌两卷称巨制。
成果喜煞胡道静，权威惊倒李约瑟。
古有“齐民”之要术，今有我室之校注。
古时农业诸科技，今为农课诸生习。
科研教学仗交流，农史学会于焉立。
中华农学有真谛，能阐天人之合一。
现代科技力前趋，古哲格致颇相契。
芟除“四凶”苏万物，泱泱一刊播万绿。
《农史》刊行近百期，篇篇阐述多裨益。
水利须察都江堰，果树当考屈原橘。
王祯《农书》记田畴，元明图咏及耕织。
农学譬之长江水，浩瀚不弃涓与滴。
智者千虑乃无失，愚者千虑终有得。
兄弟学刊互励勉，钩沈汲古发蕴积。
中国农学遗产富，富甲天下无与匹。
文以载道纪史实，农耕文化在史籍。
声汉实扬汉之声，农书西译传寰瀛。
东邻文化宗汉唐，农史领域亦开疆。
毓瑚集录农之书，毓就万枝红珊瑚。
传统农书为生民，学海泛槎驶新程。
第三世界求发展，华夏农耕传经典。

推己及人中国风，神州爱播五洲同。
岂惟治史出故纸，传承育人吾辈始。
农史研究如艺植，贵在当春即耘耔。
白首穷经欣有得，青衿轩举尤可喜。
锡我后昆与时进，察今、用宏必诚信。
我稼是获嘉禾生，京华海域有令名。
我圃斯筑黍稷盈，钟阜气象日峥嵘。
我厦既成美轮奂，中华文明光灿烂。
成立文明研究院，集思广益符众望。
又建农业博物馆，温故知新众所仰。
博士点与文明网，人才信息相辉映。
编选《历代咏农诗》，课我南农诸学子。
文化教育重素质，毋忘民族文明史。
兴邦、兴农史为鉴，人文、文明民为天。
天降大任于吾人，吾人安可息此肩？
栖遑八十五周年，室惟裕后而光前！
砥砺八十五周年，吾人任重而道远！

（中华农业文明研究院，是我国建立最早、规模最大的以研究和传承中国农业历史与文化为宗旨的专业性学术机构。其历史可上溯到1920年创建的金陵大学农业史资料组。1955年，经农业部批准成立中国农业遗产研究室。1978年，国务院批准为中国农业科学技术史研究室，1984 年，更名为中国农业科学院、南京农业大学中国农业遗产研究室。

在农业部和南京农业大学坚强领导下，在万国鼎、陈恒力、李永福、李长年、叶依能等几代主持人和全室农史研究工作人员共同努力的基础上，农业遗产研究室整理积累了大量的方志物产和方志分类等珍贵的历史典籍资料，农史学术研究著述和校注都取得很多卓越成果，如《中国农学史》、《中国农业科学术技术史》等。

1981 年，国务院批准为农业史硕士学位授权点，1986 年，批准为国内唯一的农业史博士学位授权点，1992 年，批准为农学类博士流动站农业史站点。

2001 年，由中国农业遗产研究室王思明主任对相关学科力量进行整合，组建成中华农业文明研究院。自 1920 年万国鼎教授开创中国农业历史研究的农业史资料组至今 85 周年。）

（2005 年 10 月）

## 绿色浦口颂
### ——迎中国南京第二届苗木节在浦口召开

浦口之绿绿如茵，葆我江滨万里春。
浦口之绿绿满畴，一块翡翠镶神州。
大顶山，蜿蜒走，半城山色绿如酒。

登山泼绿浸远天，归来岚翠染衣袖。
惠济寺，三银杏，浓绿撑天又覆地。
千年垂肘万年枝，佑民降福红绦系。
绿撑天，绿覆地，公孙树茂新世纪。
兜率寺，狮子岭，丹枫金桂秋如锦。
圆霖上人布化雨，近悦远来善弟子。
春夏参差俱是绿，绿垂三千世界里。
珍珠泉，佛手湖，晴雨喜客巨掌舒。
湖上绿漪映蓝天，天然美景天下殊。
古贤栖地涌新居，万国频来游旅车。
营盘山，墓葬古，中有金陵之始祖。
陶塑人面世所传，吾民谁不爱吾土?
绿畴千里是沃田，农为邦本不可忽。
点将台，蕲王台，爱国千秋事未衰。
登高纵目真壮哉，长江滚滚浪花开。
春风又绿江南岸，浮空送翠到江北。
跨江发展两岸连，江南江北绿世界。
建三桥，又隧道，天堑上通下又凿。
飞虹在天龙在渊，潜龙可用钻波涛。
浦口绿化延之东，江东万里绿更浓。
老山美，玉屏连，国家森林大公园。
古朴清新气浑厚，天然氧吧科技先。

方圆百里如仙境，老山不老万古妍。
生态示范兴华夏，沉沉万绿大画卷。
长江长，扬子美，大江东去腾云水。
千古英雄难淘尽，当今英雄是我辈。
区县合并今五年，建设新貌灿万千。
浦口绿化本有名，而今绿化着先鞭。
公仆黎民一条心，就是天然绿锁链。
山绿水绿防染污，草绿树绿保水土。
禾苗之绿葆民生，饮食之绿健心身。
生命之绿益人寿，社会和谐国太平。
大地之绿益人天，小康路接大同篇！

（此诗应浦口区委政协之请而作，用四尺宣纸两张对开书为长横幅，置于会场主席台上，气势恢宏。）

（2007 年国庆节）

## 南山绿

“荆溪三日观难足，南山先绣迎宾绿”。荆溪之美语难详，南山青翠照我裳。南山之寿人皆羡，南山之绿令人一见一生一世不能忘！

其宏伟也在于高：半空青苍，南插湖滏，下有千村万厂之繁昌。其逶迤也在于长：连绵不断，北接铜官，包孕画溪、二氿鲸塘秀可餐。其旖旎也在于远：眉黛数痕，东衔太湖，风帆点点，七十二峰为之桨。其幽窈也在于深：西藏善卷，灵洞九叠，干霄耸壑，间以流泉飞瀑响潺潺。其富饶也在于厚：竹海、松林、茶场、禾田，堆锦砌绣，千壶万态，归于浑沉，默默兮囊括四面与八方！

要之，其至美也在于气势磅礴，蕴藉多姿，朝迎丽日兮暮曳斜阳，晴倚云天兮雨晕烟光。春则染嫩汁，夏则掠秾鬟，秋则缀微紫，冬则披银装。若裙、若裾、若屏、若幛、若梦、若幻、若图、若画、若诗、若赋，更若有韵有声交响大乐章。对之何须饮酒，酒浓不如山色浓；亦不须饮茶，茶清不如山色淡；不必摄影，纵有滤色镜，对此徒兴叹；不必作画，调板哪有群山色味之天然？若是录音录像，室内放映怎及置身其境受感染？噫噫美哉！南山之绿扑我面，浸我肺，透我心，涤我肠，濯我灵魂，洗去尘俗百斛千钧又万丈。伟哉南山！南山之绿绿且腴，多情在人天，庄严呈宝相。山是大宝库，蕴矿藏，荣经济，富家乡。山是大文章，育人才，创事业，织理想。山是大疆场，砺将士，驱敌寇，镇邪顽。山是大妙想，亲万类，宜后代，慰羲皇。代代高举岳飞戟，奋挥悲鸿笔，更令培源立教坛，维崧主词坊，延我中华民族之寿比南山！

南山青，青苍苍，我爱南山寿无疆。南山绿，绿簇簇，

千秋万代要待世人认真读！

（1991年作于张公洞顶，陪游者为吴跃平、黄朝奎、宗良纲，此诗两次发表于《宜兴日报》，2005年又刊于《荆溪诗苑》，诗苑主编臧正民特撰文评赞之。闻宜兴市申请文化名城材料中有此长诗。）

## 碧泉咏

### ——与姚在文同游

碧泉温且缓，潺潺净我脾。圜石亦磊落，缄有太古思。
仙人漱发齿，藤蔓洞外垂。我羡东门人，咫尺得浸滋。
怡怡八旬侣，搀手步涧陲。印证前宵梦，仿佛适在兹。
我生多艰厄，学殖负友师。原上亲农牧，乃能识忧危。
归来课庠校，不忘耕与犁。与君乡情重，廿载叙园篱。
作画君窗下，侄为我装池。笔墨蒙爱赏，戾病仗疗医。
名泉迄未睹，信宿忽梦之。祥侄遂我愿，欣与兄相随。
驾车岁欲暮，摄影浣女嬉。碧泉千古閟，今朝测一蠡。
出山溉千顷，利世旅观奇。愿乞一勺灵，濯我平生疵。
泉温温我心，泉缓舒我眉。碧天敞我胸，碧川照我姿。
人生重乡里，朋友重爱慈。文在人品在，耘草禾自肥。
乡情如泉水，汩汩无尽时。

（2006年）

## 浦镇东门左所街后姚医生家所见　二首

到门疏蔓欲牵裳，一径秋红着地忙。
正爱缤纷缨络翠，悬枝忽见柿群黄。

屋外青山流碧泉，园中花卉竞芳妍。
老翁九十犹勤作，削竹补兜自在仙。

（1987 年）

## 赠姚在文

我爱东门姚在文，满园秋果缀清芬。
邀来国士琪瑶辈，不说红楼说右军。

（姚好友毛国瑶，靖藏本《红楼梦》研究者，也住浦镇东门。姚藏有省市名人书画多件。）

（1998 年）

## 千年古镇透新姿

——咏桥林十二景

**序诗**

千年古镇透新姿，恰值三桥峙立时。

飞架通途添一翼，大江端作金陵池。

**长桥步月**

千年古镇透新姿，步月长桥逸兴飞。
桥如弯月林如绣，工农园圃竞芳菲。

**明因秋色**

千年古镇透新姿，明因秋色谱新诗。
枫红要待秋九月，善因种果在春时。

**双峰菊圃**

千年古镇透新姿，菊圃双峰高士宜。
东篱有酒白衣送，悠然远见南山陧。

**梨园听莺**

千年古镇透新姿，梨园花树发新枝。
要听莺声须起早，工业园中百鸟栖。

**柏子樵歌**

千年古镇透新姿，柏子山头挂夕晖。
樵歌唱罢笙歌起，火树银花胜昔时。

## 文阁钟声

千年古镇透新姿，文昌钟声又一奇。
初一敲钟十五响，十年树发万年枝。

## 柳岸秋荫

千年古镇透新姿，岸柳垂荫绿可怡。
但待东风拂万里，连天芳草到门扉。

## 茅庵古桧

千年古镇透新姿，古桧茅庵迹已非。
而今广厦千家富，胜似求神拜佛爷。

## 沧浪濯足

千年古镇透新姿，濯足沧浪乐可知。
石碛河水流千里，扬清激浊复奚疑。

## 延陵垂钓

千年古镇透新姿，垂钓延陵不宜迟。
雨笠烟蓑好去处，桃花流水鳜鱼肥。

## 朱石渔火

千年古镇透新姿，朱石桥边夜何其。

渔火繁星连一片，江南好景在于兹。

**紫砂返照**

千年古镇透新姿，紫砂返照赛胭脂。
一墩临水桥如画，击楫中流慷慨词。

**尾 声**

千年古镇透新姿，十二景观音画诗。
请君来我桥林镇，茶干佐酒细品之。

（2006 年）

## 题《桥林小学校志》 五首录四

十七离家八十回，乡心未改若童孩。
长桥碧柳多情甚，兀兀依依待我来。

我是桥林一学童，能知爱国与尊农。
有师读报声何壮：黑水白山关塞东!

石碛风光百不忘，儿时最爱看栽秧。
老农叱犊歌尤好，胜过西邻刘四娘。

“麦黄秧绿百袈衣”，外祖当年为语之。
我今头白更耽此，四月桥林处处诗。

（2006年）

## 八十自寿

鄙吝一除便不同，勺庐清气满寰中。
非珠非玉珍藏久，亦瑞亦祥亨运通。
自古仁人多在野，因知君子重耕农。
我年八十犹年少，华夏春酣万萼红。

（2006年）

## 耘者之歌

中华书局有殊功，澡雪精神理文库。
十年前印《一勺吟》，致我清吟入学府。
国运邦情民之心，唐之醇厚宋刻露。
庶几能现此集中，里人称善市区誉。
碧泉吟友六七人，拟选百首为析注。
献之家乡中小学，亦供农大教学辅。
神州大地农为本，中华国学诗为主。
兴观群怨耘所承，粮药镝臬耘所举。

以诗为食得哺养，以诗为药得疗补。
以诗为枭颂正美，以诗为镝战恶腐。
而今教育重素质，耘之所咏在参与。
抗日寇有《战马咏》，重耕农有烟蓑雨。
尊师乃有江上吟，爱生乃有两浦路。
长篇南山绿醉人，短章当涂月镰舞。
黑鬲之歌警时时，刘桥之忆忆处处。
有谓读我诗者寿。有谓我诗能胜古。
虽不能至心向往，论世知新当温故。
自问我心无愧怍，积愫当向国人吐。
少儿乃是民之苗，本根华实待育煦。
言志缘情诗之旨，春温秋肃此园圃。
思无邪兮荃可察，湛湛一勺在吾浦。

（此为《单人耘诗词选读》扉页诗。）

（2008 年 8 月）

## 迎丁亥　寄大椿

紫气欣来东方东，和谐丁亥九洲同。
河广已得一苇渡，大道之行禹域中。
新世纪醒生态萌，复兴须仗文明功。
中华海岳灿气象，虎龙吟啸泱泱风。

文史哲美能兴邦，仁人志士献悃忠。
南昌刘子有武相，为善疾恶如孩童。
自强不息好读书，西为中用击鼓钟。
中心边缘试反思，农瑟羲琴叩鸿濛。
我是江南痴咏人，一编在手乐无穷。
忽睹大椿拥千绿，注之一勺川溶溶。

（《列子》:“上古有大椿者，以八千岁为春，八千岁为秋”。）

有诗九百零九首，谓如碧沼映青空。
芷佩荷裳嫏嬛梦，烟帆云水笔墨踪。
诗为食兮仁为本，诗为药兮言为公。
诗为镝兮秋肃爽，诗为臬兮春雍容。
子可子以侍南农，助我清吟抒臆胸。

（宗良纲，字子可，宜兴徐舍藕池村人，南京农业大学资环学院教授。梁治国，字子以，湖南沅江人，毕业于南京农业大学经管学院留校，现是中国人民大学艺术专业硕士研究生。）

藕池弹露敲风雨，沅江揽月散霓虹。
椿荫覆处梁木长，勺水浸滋菡萏红。
君今读罢《一勺吟》，如晤村原蓑笠翁。
自诲诲人为至乐，君能宏道志尤雄。
不唯上者当唯下，是君子者直其躬。
精深本自平浅出，绚烂何如疏散工。
烛微经世谈何易，一隅能举百事通。

人文道德融科技，一弦奏响千音喁。
京华白下两心契，学海风高万里篷。

（2007 年 2 月）

## 颂和谐 （用杜甫《洗兵马》韵）

华夏屹立东方东，大道之行在大同。
前朝风雨如磐过，万兀干摇进取中。
咸知天下本为公，未尽其能荒其功。
求鱼缘木违初衷，徒说华胥兜率宫。
坐令域外慨陆沉，滔滔洪水泛崆峒。
龙颠虎倒鲸翻浪，百花陨雨草偃风。
炎炎之力力非小，一以当百犹嫌少。
看朱成碧瞑不觉，讹马为鹿真知杳。
人天既悖万象凋，朝斗夕争弓惊鸟。
文明教化殆将尽，神州大地雾霾绕。
忽然波净锦帆开，云霞灿烂海天晓。
世纪潮流不可挡，伐悖兴和即圣王。
当今国策倡和谐，和谐二字胜千强。
圣者博古识时务，贤者通今察万方。
仁者无私怀天下，达者和睦爱黔苍。
惟祥和者创祥和，惟贤良者举贤良。

家和则能万事兴，国和乃能国运昌。
莫图玉帛樽俎贡，但将薪炭四海送。
中华经史好传统，岂止金山与银瓮。
千弦万管同一音，九州齐唱“和谐”颂。
敬业就业乐保障，农家欢喜勤耕种。
老老幼幼皆有养，大爱圆却桃源梦。
国政民心融一体，和为贵兮谐之用！

（2009年3月）

## 胆大篇

### ——赠钱德宏

一言破孤寂，珍兹卫岗夏。春深偶出游，夏浅耽夜话。
勺庐花木疏，徙倚双灯下。对门钱德宏，夸我胆子大。
此语太惊人，有若春雷乍。扫我杞人忧，卸我十字架。
文士多怯弱，况遭“文革”吓。乃罹恐怖症，全家受牵挂。
原上庆归来，诗心在农稼。本应放步行，何又不自赦？
忆往徒伤感，栖皇慵书写。皆因不自信，是以几喑哑。
闻君此一语，顿觉风云咤。十年动乱间，丹忱锲未舍。
爱幼恋讲坛，尊农爱村野。剑胆与琴心，洪炉得陶冶。
琴今已断响，剑吟未应罢。倘无真胆识，笔墨付飘瓦。
辜负君亲师，乌得称耘者？心芜仗耘锄，耘锄须猛霸。

力可裂秋风，润滋春雨化。胆可触不周，庶能补天罅。
百厄既已降，千祥拥勿怕。胆大云乎哉，片语功无价！

（钱德宏，江苏宝应夏集乡蒋庄人，〈世代是贫农，其次子春桃是南京农业大学园艺学院副教授〉住我卫岗宿舍对门，曾教我识别校园中杂草、中药草名称，教我宝应农民叱牛号子。）

（2009年）

## 八五翁谢十三位保护神

**庚寅年初四　单人耘于南京农业大学**

### 一、赠王元林

牧童教授有真言：好诗当可传万年。
诗好为系黎民事，子孙越读越新鲜。

### 二、赠王新群

宇宙进化在于新，力量团聚在于群。
惟新惟群善为宝，烈士后代仁者心。

### 三、赠马万明

昔是“万病”今“万明”，爱我责我是真情；
不重健康大错误，怎对祖先与友朋！

## 四、赠咸金山

祖国河山咸是金，平凡奇伟待登临。
来量血压保我健，十年守护水晶心！

（2000年，老咸说：“诗做得澄彻如水晶，诗人亦必有水晶般的心。”此语顿释孙淑娟多年之虑。）

## 五、赠冯紫云

但凭一片紫云来，能教万里雾霾开。
今日木兰承父志，泽人芳洁爱同侪！

（古时木兰代父从军，今日紫云治学为人承冯泽芳老专家之传。）

## 六、赠张春兰

我是秋菊君春兰，东风拂煦作红酣。
南山能向东篱见，南农东风是“九三”。

（陶渊明诗：采菊东篱下，悠然见南山。）

## 七、赠刘惠吉

刘郎惠我吉祥来，插向匀庐一支梅。
梅到岁寒花始见，花开正待东风催。

## 八、赠王耀南

艺术之光耀南农，藏龙卧虎资源丰。

中华"一勺"得出版，霞蔚云蒸旭升东。

（1997年《一勺吟》在中华书局出版系费旭、耀南诸校友之助也。）

## 九、赠聂国桢

南农附小育群珍，他日堪为国之桢。

引得小诗二十字，满堂童稚树恒心。

（聂国桢任附中、附小校长时，将耘的黄山《翡翠池》诗，张挂于活动室，以"但凭穿石力，得泻古潭春"之句勉励学生勤奋学习。）

## 十、赠曹志林

志振中华翰墨林，吾曹笔墨总清新。

珍珠成串需红线，光泽让人最可人！

## 十一、赠宗良纲

暑气未消秋到迟，不来君处欲何之。

助我清吟能愈疾，人生如画又如诗。

## 十二、赠刘翠云、龚龙英

独往高蹈学未荒，潛销暗铄最当防。

人间赖有方皋在，骏马乃能千里扬。

# 赠宗良纲

良纲自宝应归，来勺庐，示所摄万亩荷田照片，余喜而作此赠之。

未能杖笠伴君行，已觉满身露气清。
万顷碧波分一勺，藕池人有藕花情。

（宗良纲，宜兴徐舍乡藕池村人。南京农业大学资环学院教授，从事有机农业、土壤环境保护研究工作，成绩卓著。擅长摄影、书法、篆刻。）

（2009年）

# 赠宝应县科技局刘忠民局长

荷花荷叶莲蓬藕，万亩荷田大丰收。
宝应县是聚宝盆，宝应人是多面手。

荷花荷叶莲蓬藕，生产营销好运筹。
宝应县是聚宝盆，农业科技第一流。

荷花荷叶莲蓬藕，酣红腴绿满汀洲。
宝应县是聚宝盆，勤俭古训不能丢。

（2011年8月）

## 凿印击鼓歌　谢宗良纲制“耘者”群印

二〇〇九年十二月二日卫岗勺庐灯下信笔书之。

耘者心印在于兹，以石制之已足奇。
况铸紫砂为印铃，坚实不翳神不移。
吾辈既肩耕夫任，能无耘者之心脾？
乃有宗子知我意，凿印为盟击鼓鼙。
大印堂堂悬令牌，小印咚咚槌阶墀。
圆印高高开明镜，方印端端惊案几。
朱文灿灿表丹心，白文涵虚容至理。
大者耘国之芜！中者耘乡之棘！
小者耘已之鄙！耘也耘也，草稗畏也！
耘之耘之，邪者避之！耘哉耘哉，
否极泰来！耘者不退，永卫岗位。

## 120 书画频道《一勺大千》歌

公元二〇一〇年，中国南京钟山巅。
树色葱茏草绵芊，阳光热吻一勺泉。
山麓南农之校园，素质教育力探研。
电视播映一短片，名为《一勺蕴大千》。

书画频道120，荐兹一勺之遗贤。
石碛童子单人耘，乌江学画结诗缘。
“峰青”、“林赤”呈师前，高人一笑山川妍。
散之笔墨继宾虹，散虹之学待传延。
十三学画十五诗，砚墨雨亲蓑笠烟。
“谁使农夫饥饿甚？”千古一问义凛然。
“一犁养活半城人！”“君子务农”志乃坚。
金陵大学农经系，攻读之余诗联翩。
十年之劫毁文化，民族传统不许传。
致使原上之村农，悯此雨淋之双鸳。
于患难中识真理：“从来茧手胜华篇”。
归来白下秉素质，登上讲坛气昂轩。
六十五首《忆刘桥》，农稼情深古瑟弦。
于今“三农”大课题，学子须仗此真诠。
南农师生三万余，浓墨重彩为言宣。
笔耘墨耕酣吟者，爱农爱诗爱天然。
以诗为食禾为贵，诗耶农耶不息肩。
“若使天下无农夫……”郑板桥语能忘焉？
吁嗟乎！“耕烟犁雨播春风”，诗也，爱也，
一勺大千，植向莘莘学农赤子之心田！

（2010年）

# 我读古人诗

我读古人诗，乃知古人义。不惟词藻工，贵在抒民志。
诗代山川言，凛然存正气。殷忧家与国，其愿唯匡济。
非若后世人，言辞竞妍丽。我幸生民国，金陵文脉地。
丙寅子时虎，读写大父喜。今年庚寅年，八十又五岁。
讲授南农大，兼职素质事。理旧为缔新，求真求善美。
幼年爱乡农，烟雨蓑笠际；下放原上村，锄犁平芜霁。
将台归咏时，书画亦耒耜。斟酌去来今，烟岚扑砚几。
诗是中华魂，千秋而万世。唐诗味醇厚，宋诗功淬砺。
明诗稍风雅，清诗称荟萃。迨至龚自珍，不拘破常轨。
近代有诗抄，钱仲联所识。泱泱邦国忧，蒸蒸入世旨。
爱国爱民心，乐山乐水意。皆为耘之师，所以日夕嗜。
昨读黄节诗，感其怫郁誓；今读黎简画，爱其烟霞閟。
前贤精诚在，奕奕扫我翳。谁云吟者痴？诗拭轩辕泪！

（2010年8月）

# 与子可言诗

子可伴我坐，吟写不知疲。每谈必有得，若蚌生珠玑。
博大精深者，惟有中国诗。诗者性情也，民族之命基。
《诗经》三百首，亘古光熙熙。《唐诗三百首》，贯今声逶迤。

戋戋《一勺吟》，颇能啜其醨。此论非妄测，请为子言之：
一九六七年，华夏四维弛。号称破“四旧”，诗书遭劫持。
神州无完肤，灵台一息靡。石碛一童子，曾咏战马嘶。
又发千古问：“耕者何苦饥？”“仁人乃在野，农务君子为。”
此子慕翰墨，根在爱黔黎。学农志未酬，罢黜江之湄。
幸得乡闾悯，重亲江上师。教课兼诲己，井庐稍可怡。
无如浩劫来，罹罪是诗词。下放原上村，祸福两因依。
豁尔得新生，皈之农与诗。“茧手胜华章”，经纬五字奇。
拨乱乃返城，两浦温书帏。归队南农大，农史辑佚资。
图咏证耕织，夙学得所披。素质含华章，大千庶在兹。
众誉不自喜，失恃有遗悲。次第平台起，深憾伊不知。
浦口碧泉咏，学府选读之；金陵“三友展”，孤松盘桓之；
南农图书馆，一室筹建之；频道“120”，书画播映之；
《中华书画家》，亦将登刊之。“散虹”此学人，承传已无疑。
莫谓吟者痴，平易即雄奇。应信耘者寿，稚真世所稀。
酣红辅腴绿，淬砺无不宜。酌古以斟今，是是而非非。
受誉不自负，骎骎力前驰。我爱李太白，对月心无疵；
我爱苏东坡，缱绻杨花词；我爱朱自清，荷塘月下思。
清吟与诗教，惟我力承之。诗以慰斯民，诗以固国畿。
一勺三千首，字字不可移。以之润我心，以之润君脾。
以之润当世，以之润后裔。期君朝夕来，助我大鼓吹。
诗可融文理，诗可启良知。诗可通仙灵，诗可养天颐。

诗增山川丽，诗荣花木姿。诗唱虫鸟亲，诗腴笔砚滋。
我年八十五，因之不老衰。虽躭五更吟，却扬五彩眉。
诗者天地心，昭昭万古垂。民族之生命，是我中国诗!

（2010年12月）

## 寄子以谈画

子以在京华，举荐我之画。《中华书画家》，“名家”栏中挂。
铁树开了花，令我喜且诧。我年八十五，犹若五十八。
不惟诗可贵，画亦无量价。喜自江上来，诧则惊白下。
笔墨有师传，何因几停罢？“文革”十年劫，幸存命真大。
画里青山在，兀立风雷罅。暧暧原上村，学锄亲泥坝。
笔力得陶冶，烟岚倏掩亚。丘壑非旧态，霜红毫不坏；
丘壑仍旧态，青山色不改。我是中华人，炎黄之子孙。
我画中国画，乃是爱国忱。“四凶”殃国者，欲铲文化根。
真理不可泯，玩火必自焚。民族生机在，书画是心声。
山川腕底发，酌古以为新。我画杨家墩，村牧见童真；
我画点将台，爱国事未衰；我画张家界，昂首青天外；
我画大峨岭，鄉嬛烟霞景；我画姑溪河，红蓼涨碧波；
我画渡桥月，烟渚柳痕湿；我画刘桥竹，原野生寒绿；
远画西子湖，湖光春媚妩；近画东、西氿，秋水荡轻舟。
荡轻舟，白云留。

留云白，砚池墨——一勺蕴大千，大千蕴一勺。
昨我画碧泉，碧泉水潺湲。今我画钟山，钟山莽苍苍。
钟山苍莽万绿酣，碧泉流远千载长。

（明傅山字青主，山西阳曲人，博通经史诸子佛道之学，兼工诗文书画金石医学，有《霜红龛集》。）

（东氿、西氿为宜兴市内相连的两湖泊名。氿，当地读若九。）

（2010年12月）

## 赠资环学院2010届毕业生　三首录一

### 次苏轼《赠董传留别》韵

生也有涯知无涯，“腹有诗书气自华”。
青衿能知温旧学，白首奋力溉新花。
农为邦本千秋任，文理融通双轨车。
素质含章真事业，如椽大笔莫涂鸦。

（2010年5月）

## 卫岗题画　录四首

我画秋江喜晚晴，秋山也作夏山青。
劳他风雨连朝暗，不改江山万里明。

秋光潇洒胜春光，红叶青林带嫩霜。
山自巍然江自阔，是谁惠我好诗章！

突兀群岩腕底生，林寒涧肃喜秋晴。
丹枫一束生花笔，尽写烛天照地情。

人人都爱江南春，三月江南处处新。
杨柳千丝莺百啭，牵萦最是惜春人。

（2011 年 7 月）

## 题《两浦清秋图》

好雨浣秋山，秋山明且丽。苔石苍然美，扶疏树罨翠。
村原腴田际，四野安农事。此是两浦景，绘之有新意。
顶山与浦子，慰抚在梦寐。时清重诗歌，感悟平生志。
兀兀子美情，乾乾宾虹气。移居卫岗下，庐小如舟系。
白发虽盈颠，丹心正腾沸。甘为学子梯，不负乡闾誓。
泚笔为山水，黾勉颂盛世。秋山沐好雨，两浦愈清媚。

（2006 年）

# 庆辛卯，赠大椿 二章

## （一）

“白也诗无敌”，甫也独怜才。无如世艰虞，天地为之哀。
耘也诗无垠，椿也最知音。乃因世谐和，天地为之歌。
白也千秋名，寂寞身后事，耘也《一勺吟》，爱农宣今世。
璇玑耀北斗，嘉木振奇翠。大椿爱我诗，一评启众智。
心灵之至美，笔墨所融曳。六艺漱芳润，百卉硕果存。
岂惟国之宝，亦且世之珍。擎虹以散彩，光溢述古轩。

## （二）

秋窗一诗奴，痴咏一何愚。江上拜散翁，烟蓑礼耕农。
十三咏战马，四三吟原野。泉石朠黄岳，连娟峨眉月。
烟岚时在几，两浦绿旖旎。六七黑鬲唱，吟坛惊夺冠。
八五名中华。“当代书画家”。“一二〇”频道，《一勺蕴大千》。
二〇一一年，钟山有论坛；二〇一二年，京华春更妍。
邀我展画来，相期兴联翩。蔚然深秀处，气象总万千。
天未丧斯文，斯文庶在焉。大椿树至美，耘者耘砚田。

（刘大椿，中国人民大学图书馆馆长、哲学教授，有专文评赞单人耘的诗书画，题为《笔墨与心灵的至美》，发表于国务院参事室主管、中央文史研究馆主办的《中华书画家》（2010.12）“当代名家”栏。）

（2011年10月于北京）

## 贡丹忱 （用杜甫《洗兵马》韵）

闻《单人耘咏农诗词三百首》辑稿成，感题

繄我中华东亚东，神州大道向大同。
千年文明纠缦缦，淘洗烟霞风雨中。
华夏民族待复兴，诗书画有匡济功。
六艺芳润润物我，三绝之传渺崆峒。
白首未坠凌云志，青衿几濯沧浪风。
一勺之庐莫言小，可蕴大千自古少。
笔墨心灵融至美，吟者逸思发幽杳。
半世纪过坎壈间，植新芟旧陈趋扫。
歌回石碛樵苏好，伫听原上鹡鸰鸟。

（吾乡江浦桥林镇旧名石碛桥，十二景中有“柏子樵歌”，百子山在我家门前二里远处。）

归至白下理吟缄，春风秋水将台绕。
凤褐散木瞻冬晴，卫岗花灿朱夏晓。

（吴白匋先生有《凤褐庵词》。林散之先生曾称所居的江上草堂为散木山房。）

素质教育大任当，一勺遥挹辋川王。
诗中有画画中诗，敢云寸管胜千强。
汉唐风韵不当歇，椎秦击楚仗子房。

子房不为功名留，子西三益友三良。

（散之师字余为“子西”。三良：北大朱良志，南农宗良纲，乌江农家子孙然良。）

椿棕荫拂青芦长，文脉流布国乃昌。

一士谔谔丹忱贡，农诗三百虔呈送。

有如文起八代衰，“大瓢贮月归春瓮”

（东坡《汲江煎茶》句）。

晶莹笔续《狂想曲》，恢宏力谱《华夏颂》。

（我与孙淑娟通信集名《幸福狂想曲》。）

此是吾辈书生事，蓑笠砚田乐耕种。

三十三天月皎皎，五千百年云梦梦。

诗是民之性情也，刍荛之言圣人用！

（2011 年 8 月于卫岗一勺庐）

## 诗讲座之歌

编者按：11 月 30 日下午在教四楼报告厅，校研究生工作部、国家大学生文化素质教育基地邀请江苏省文史研究馆馆员、南京农业大学“国家大学生文化素质教育基地”兼职教授、中华农业文明研究院研究员、中国农业历史学会会员单人耘先生作了题为《文理融通素质含章》的专题讲座，与全校研究生、本科生谈如何加强传统文化的学习。

卫岗之树势凌霄，南农学子气清豪。

八六耘者开吟座，融通文理讲“诗”、“骚”。

兴、观、群、怨“诗言志”，创新开拓志崇高。

我校诗教是先进，师生“对诗”开展好。

“烟蓑雨笠”儿时句，“农夫饥饿”认识早。

（1941 年耘 15 岁时在江浦桥林杨家墩所作《农夫》诗：“烟蓑雨笠不离身，早起迟眠历苦辛。谁使农夫饥饿甚？一犁养活半城人。”）

“茧手华章”下放诗，与农结合在刘桥。

（1974 年耘全家下放涟水胡集刘桥作组诗第 4 首：“高粱穗簇珊瑚紫，晚稻镰开琥珀黄。万斛千车凝汗水，从来茧手胜华章。”）

归城不忘锄与犁，咏农爱农宣诗教。

钟山之绿如诗教，绿遍南农义非小。

“诗是民之性情也”，学农“知农”为首要。

（《诗纬》：“诗者，天地之心。”《文中子》：“诗者，民之性情也。”）

采风皖赣重环保，为之鼓呼配诗谣。

（2003 年，南京农业大学组织素质教育基地老师皖赣民居采风摄影系列，有诗词、篆刻配之展出，颇获好评。）

民居农谚有学问，后稷之裔尊刍荛。

农为邦本毋忘本，兴农兴邦尔肩挑。

读史读诗读经典，“温故知新”遵正道。

“腹有诗书气自华”，高华气象胜前朝。

（宋苏轼诗：“粗缯大布裹生涯，腹有诗书气自华。”）

胜前朝，话今宵，听讲座，聆要道，融文理，冶情操。

吟者高吟爱农诗，满堂学子受熏陶；

吟者高歌赶牛调，学子掌声响如潮。

师农师工师造化，承传弘扬在诗教。

《选读》一编手中宝，书中自有兴农兴邦道。

（此次讲座，当场赠送参与听讲者每人一本《单人耘诗词选读》〈本校大学生文化素质教育丛书之一，旨在弘扬国学，推进诗教〉。）

正如潇潇春雨润禾苗，——润我南农三万学子

文化、科学素质双提高！

2011年11月30日雨夕

附记，1995年单人耘老师在与资环院宗良纲老师谈创作的《钵池随想》一文中说：

“中国的诗书画艺术实在是了不起，真是人类的瑰宝，它不仅能陶冶一个人的情操，而且能优化一个民族的素质——这是我亲身经历所认识，更是我要尽毕生之力为之宣扬的。”

（子可）

# 感吟一勺

## ——四月廿三日《读书·写诗·作画》讲座后作

“腹有诗书气自华”，苏子瞻语苏华夏。
我年八六好言诗，一勺之吟岂虚话?
昨者钟麓开讲座，京华频道来摄播。
跻名大师不为荣，静观万物皆媚妩。
我爱野草明霁色，我爱野梅寒萼吐。
我爱农夫天地间，烟耕雨犁播今古。
宗子可续荆溪游，梁子以虹散海陬。
长芦青青子丙咏，山路弯弯子雨骋。
子引袖藏衡岳云，子宣手织石城锦。
子丰好义侠之徒，子书习文砚之侣。
子振振我我无虞，子为为善善堪许。
己酌碧泉气清酣，更觉绛石势轩举。
德润一宇吟润身，润人润己世纪春。
“粗缯大布裹生涯”，生也有涯知无涯。
床头数卷腴我腹，耿耿一灯照我读。

（2011 年）

## 夜半作歌，拟赠新群学长、耀南、志林、良纲学弟等爱我、助我、励我诸伯乐

一勺大千诗世界，散虹揽月诗华盖。
问余何为骋此道，邦有诗书光华耀。
华夏文明最真纯，能化腐朽为神妙。
天行健兮地载厚，太古春迎世纪晓。
如兰斯馨王者香，恬吟密咏诗心造。
惟诗能使神思明，惟诗能铲道途平。
诗之效应能恒久，诗之深秀参宇宙。
诗之天倪正无穷，诗之纲纪亦恢宏。
兴观群怨诗言志，心声心画万庶同。
农为邦本古之训，诗可育人今之用。
南农学子三万众，学农兴农责任重。
钟山崟崟仁者寿，科教兴邦智者究。
卫岗脉脉草木滋，紫翠酣红皆是诗。
诗人本职是人师，传道授业勤扶持。
融通文理合天机，素质含章适在兹。
献言良纲可治国，气自高华复奚疑。
君不见南农精英辈出勇超群，有如旭日金辉照高林！
——勇超群，照高林；可治国，复奚疑。
一篇长歌抒胸臆，一诺无须更犹豫。

今我此篇何为作？为谢当前爱我、助我、励我诸伯乐！

（2011年12月14日）

## 卫岗吟

廿一世纪一勺庐，八六吟者卫岗居。
师崇虹散两高人，痴于绘画与诗书。
（黄宾虹，林散之）
美学沉潜宗与朱，育己育人无不宜。
（宗白华，朱光潜）
南京农大图书馆，为此置展树楷模：
腹有诗书气自华，胸有丘壑见清奇。
心存社稷尊农耕，爱在学子命与俱。
是为大千之一勺，一勺之灵道敷腴：
中华文化传统在，农为邦本复奚疑。
承传融通文理农，优化素质画书诗。
耘者爱诗痴于诗，千古真理一问之。
（耘童年诗："谁使农夫饥饿甚？一犁养活半城人"。）
耘者爱画痴于画，"浑厚华滋"力继之。
耘者去芜笔可亲，示人以朴春煦煦。
耘者去俗墨可怡，恬淡自如葆天机。
京华学者咸惊异，国学卫士庶在兹。

诗词可以比唐宋，其心澄彻如其诗。
爱国爱农爱乡家，尊师重教基于诗。
如此诗人国之宝，置室展之众所期。
耘者闻之愧呈辞：为师本职当如是，
**“宣教今世育后人”**，何用长期陈列设此绛帐为?

（2012年2月25日病榻）

## 再吟一勺赠诸子

### ——预为明年甲午三月初八余八十八岁生日作，示宗良纲、李献斌

读书明至理，为善养天机。卫岗有耘者，高咏动虹霓。
今年八十八，安期庶可期。秉直诗言志，画笔乐希夷。
（希夷:《老子》:“视之不见名曰希，听之不闻名曰夷。”）
山近而志远，石臞墨腴之。立志以兴邦，不尽江海思。
一勺书屋小，摩天张鼓旗。千古此一问：农夫何苦饥?
“茧手胜华章”，经纬五字奇。国以农为本，学以农为基。
因之领众竖，高蹈瞻华胥。读书明至理，为善养天机。

（华胥:《列子》:“黄帝昼寝梦游于华胥之国，其国无帅长，其民无嗜欲……不知背逆，不知向顺……非舟车足力之所及，神游而已。”后用为梦境之代称。此处喻为中国人民世代企盼的大

同世界。）

诗教教做人，质是文之基。诗化大工程，宣教在于师。
诲人先诲己，砥砺在于诗。我得前贤助，又有后学随。
六艺漱芳润，百卉乐华滋。温故而知新，平正出雄奇。
巍巍中华美，传统或在兹。

（2013年8月）

## 题《雨浣秋岩图》 赠金有艺

卫岗一散人，愿受诗书累。为念李传慧，画赠金有艺。
前年葛塘游，二子砚边侍。李子好学诗，深知我诗意。
金子喜篆刻，为我展楮笔。我爱李之慧，复爱金之艺。
今失乡梓李，爰重金石谊。为作浣秋图，一洒思乡泪。

散虹一学人，读书愧匡济。稍识新安旨，颇领山林味。
此作欠苍厚，润朗尚可视。烟岚在我几，我无市侩气。
山泉涤我心，我轻名与位。爱我多学子，卫岗花木蔚。
不忘原上村，励勉兴农志。年虽八十七，乾乾朝夕继。
诗书可育人，笔墨老愈媚。

此画系耘者为有艺学生张颖之祖父志兴新居志庆系列诗画之继。“茧手胜华章”为贺志兴主题，此则专谢有艺之“侍砚情，金石谊”为可贵也。

（2013 年 6 月 20 日）

## 陶都行

### 赠宜兴国家环保科技园管理委员会主任朱旭峰

醉心我爱南山绿，南山先奏迎宾曲。
荆溪如画又如诗，祥云紫气在丁蜀。
竹海连山涌翠浪，灵洞流泉鸣琴筑。
阳羡之美甲天下，宜兴福祉真无价!
公仆秉公公众喜，茶香壶趣传千里。
科技百强教授乡，环保产业来领航。
春花烂慢我陶都，君能来饮二氿无?

（2013 年 10 月）

## 太华行 赠许子为

好山看不尽，好书读不完。好友情不尽，好诗做不完。
宜兴之南山，今世之鄉嬛。子为引我来，快然游其间。
我目为之明，我神为之爽。我气为之充，我心为之闲。
驰车竹海间，豁尔见南山。青天浮白云，茶畦翠连山。
人家图画里，篱落映清潭。水闸与电站，远胜古桃源。

村头鸡犬静，老幼在北阪。种茶正及时，浇穴接水管。一片黄土坡，待看千绿长。山水既灵秀，人勤地不懒。是乃有声画，人天大交响。千古鄉嬛閟，粲然近可揽。渊明应羡我，乐哉此一访。

（2013年10月4日宜兴太华镇）

## 湖畔吟 二首寄赠杨杰、吕一雷

湖波如锦映长天，此日风光分外妍。
大地洪荒有大泽，民心如水善无边。

洪泽波**平**晓旭红，湖天一览兴无穷。
远帆如画渔歌**近**，**习**习宜人是好风。

（2013年10月卫岗）

## 赞曹志林制“钟阜陶砚”

**钟**山钟英杰，**阜**冈毓俊秀。**陶**者磨杵功，**砚**以静而寿。

陶得荆溪土，指端钟山紫。素质含华章，陶人先陶己。

（2013年7月26日南京农业大学紫砂艺坊）

## 咏宗良纲陶制莲叶小品

荷塘一夜秋风起，莲蓬嘻嘻多结子。
莲叶卷拂清香在，波光潋滟暮霞紫。
多谢藕根沃泥中，茹吐灵秀发酣红。
接天映日气恢宏，敲雨曳露摇清风。
有如农家媪与翁，育子抱孙乐融融。
莲叶多情抱莲蓬，温馨无限我南农。

（2013年8月23日南京农业大学紫砂艺坊）

## 题子可所制紫砂厚磬

来做钟山磬，胜做补天石。
万浪千峰层层渍，学海之深在厚积。

（2014年4月）

## 赠左惟 癸巳教师节卫岗作

东南之美来南农。有若律吕响黄钟。
一勺之庐秋光美，九日无雨又无风。
曦光在握春融融。“德高望重”发聩聋。
积年困惑一扫空。信知磨杵有恒功。

文化育人在素质，立本含章强其躬。

师为表率道可宏。创造一流学者宗。

钟山气象郁葱葱。千古一脉重耕农。

文理工科互融通。诗词书画拓膺胸。

一勺之水爱千钟。注之钟山学子泱泱万顷学海中。

（左惟，江苏南京人，2001年11月至2005年5月任东南大学党委副书记兼副校长。2011年11月至2013年4月任东南大学常务副书记。2013年4月起，任中共南京农业大学党委会委员、常委、书记。）

（2013年9月10日）

## 癸巳教师节感题

子可为子以和我制二紫砂笔筒，造型浑朴，其上均镌我早年所作词句“一勺水云浣世界”，赭色字，土黄色底，醒目大方，感而题此以谢。

振衣已在千仞上，濯足更思万里流。

（晋左思《咏史》诗八首，风格高亢雄迈。其五，首两句为“皓天舒白日，灵景耀神州。”末四句为“被褐出阊阖，高步追许由。振衣千仞冈，濯足万里流。）

一勺应能浣世界，大千云水在神州。

（耘1994年次林散之老师《百字令》韵，有句“一勺水云浣世界”，源于黄宾虹大师1948年所说：“中华民族所遗教训与德泽，都极其朴厚，而其表现的事实，即为艺术……艺术是最高的养生法，不但足以养中华民族，且能养成全人类的福祉寿考也。”）

散虹学人　单人耘

2013年9月10日卫岗

## 感爱篇

**——一勺水云浣世界，几番警策报黎黔。**

一勺水云浣世界，一言九鼎在于爱。
我爱农夫簑笠烟，我爱山河锦绣绘。
我爱轩辕文明脉，我爱诗书灿万代。
我爱芳草碧连天，我爱百花皆琼瑰。
我爱嘉木欣荣姿，我爱泉石清奇态。
我爱书画笔砚香，我爱孺子英雄概。
爱国书生有十爱，上善若水福祉来。

（2013年12月）

## 颂南农

天下至乐在南农，铿然律吕响黄钟。
瑾瑜在握乐融融，教书育人秉丹衷。
诚朴勤仁校之风，泽润学子雨露同。
师为表率道可宏，创造一流学者宗。
钟山气象郁葱葱，千古一脉重耕农。
文理工科互融通，中华文化力无穷。
素质含章有恒功，庆云烂兮破愚蒙。
噫嘻美哉！育英才，破愚蒙，
天下至乐者我南农！

（2014 年 6 月 28 日）

## 赠 2014 届毕业同学

春风拂拂钟山麓，葱茏卫岗展新绿。
似闻马群蹄踏声，南农学子竞腾跃。

南农学子献丹忱，诚朴勤仁学有成。
千里之行新课也，驰骋莫忘系鞍人！

（甲午六月　八八吟者）

## 寄赠南农诸校友

钟山气象郁葱葱，千古一脉重耕农。
犁雨锄烟播新绿，神州处处是春风。

遥知心意系钟山，卫岗葱茏翰苑香。
此日梦圆春处处，凭君妙手著华章。

（2014 年 7 月）

## 赠来我校访问的韩国庆北、首尔两大学中国文化研修团

钟山拥绿长江滨，联袂南来万里春。
陶得紫砂冶素质，中韩学子共创新。

（2014 年 7 月）

## 题画赠宗国平

卫岗又重阳，不让刘桥美。
别了农家回金陵，诗心不改如秋水。
红树参差立，冈阜亦磊磊。
此是故乡石碛秋，夕阳无限耀红紫。

尊农不耕辍，笔底秋更媚。
一片相思涌难止，寄与荆溪农家子。

（2014年10月）

## 题《江天清旷图》赠安东王佳峻

江天清旷展新姿，风雨艰虞曾几时。
一任千帆行万里，神州无处不神奇！

（2014年12月）

## 乙未岁朝，寄赠北京《名家》杂志社主编罗艺

星罗棋布探琼瑶，艺术之坛气象高。
为有仁心开慧眼，春光无限又梅梢。

（2015年2月）

## 乙未清明，参加上单村单氏宗族当宗祭祖仪式上作

上单下单都姓单，这村那村都是村。
单氏村民都务农，种田为了城里人！

十二岁时爱下单，八十九岁记忆新。
听了赶牛号子声，终生不忘耙田人!

（2015 年 4 月 5 日于桥林上单）

石涛世界　32cm × 70cm　1980 年

# 词

## 满江红　用岳武穆韵

举袂当风，栏干外、雷雨才歇。纵目看、烟霞苍莽，山川峻烈。身世茫茫萍在水，前程渺渺云迷月。弄梅花、五月落江城，声凄切！　孤怀冷，歌白雪，胸臆气，奇难灭。况中原板荡，地欹天缺。沦陷区中官似虎，夕阳江上红如血。请从兹、投笔赋戎征，挥巨阙。

（1942 年江浦　十六岁）

## 念奴娇　除夕咏梅次常国武韵

一声爆竹，破阴霾、漠漠长空雁度。江畔黄昏灯不定，波动金蛇狂舞。众舸沉沉，群山寂寂，春意归何许？彤云疑梦，乡心欲绽谁补？　且喜东岸梅花，寒苞独放，不畏北风侮。地老天荒百卉尽，剩此一枝如柱。铁骨镂冰，幽香沁月，夜永无人睹。鸦啼天晓，日光万里红驻。

（1963 年　浦口）

## 清平乐　夏收夏种所见

朝阳初透，布谷声声奏。公社风光难画就。一带梯田似绣。　　眼前碧绿金黄，又添白水浪浪。怪底群娃拍掌，“铁牛”开到麦场。

（1963 年　浦镇顶山公社）

## 如梦令　元旦

已是严寒时候，原上小车驰骤。侵晓放河堆。赢得东方红透。红透，红透，猎猎战旗如绣。

（1970 年　涟水刘桥）

## 采桑子　重阳

平生爱此重阳节，到了农家，别了京华。月映门前芦荻花。桥东红芋桥西豆，运了千车，又运千车。万里平原秋色佳。

（1970 年　桥东生产队作）

## 忆江南　原上草堂作

草堂好，花木礼晨晖。一望平原如锦绣，溶溶春气扑门扉。童稚荷锄归。

草堂好，浣砚去浮名。洗尽寒云吞吐色，除将夜雨纵横声。辍笔学春耕。

草堂好，今岁又重阳。地大天高风日净，平林如画叶初黄。收芋一时忙。

（1971 年）

## 如梦令　刘桥

黄叶如花照眼，天际白云舒捲。送客出刘桥，更爱芦塘清浅。指点，指点，平旷何输奇险。

（1972 年 11 月）

## 清平乐

十一月二十三日乍冷，大风，路儿呼余同收其所植高梗白、雪里蕻，得六百四十斤，腌菜无虞矣，儿索诗，口占此词。

霜风簌簌，吹瘦篱边菊。谁谓天寒景象肃，请看门前新绿。　大儿种得晚菘，园畦一片葱茏。更待明春启瓮，清芬直透桥东。

（1973 年 11 月）

## 菩萨蛮　麦收时过小埝练兵场

连阡接陌苕花紫，蜜蜂胡蝶翩翩舞。小堰映朝阳，灌渠水正苍。　　村村农事急，“劳武”书墙壁。麦垛垒金山，今朝中几环？

（1974 年）

## 点绛唇　刘桥老农颂 五首

五月刘桥，麦场脱粒机声奏。白云缓走，新绿迎村口。蓬荜生香，香在老爹手。倾我缶，以茶代酒，小憩同揩篓。（老贫农名刘中满，队里人称“小老爹”）

桑竹清阴，老农披褐来行走。风神抖擞，是我知心友。一盏甜浆，且润微干口。拊其肘，情深语久，相送频回首。

秋色酣秾，满场粮囤满爹守。不辞夜久，倚坐谈升斗。以队为家，朝朝草满篓。“锅里有，碗里才有”，语憨情自厚。

贵在无私，满爹质朴人稀有。从不夸口，几度场边走。粒粒归仓，老茧盈双手。深感受，握谈半宿，胜读书千篓。

我爱贫农，战天开地凭双手。胸怀无垢，路向康庄走。笑动须眉，七十能扛斗。稽我首，衷心祝寿：活到九十九！

（1974 年）

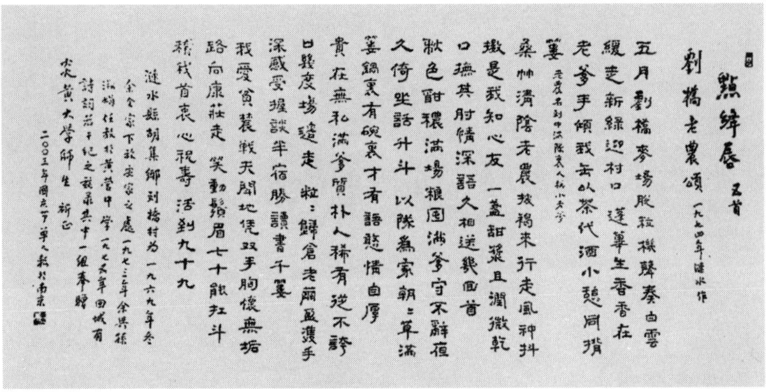

（江苏涟水）炎黄大学图书馆藏品　刘桥老农颂　78cm × 136cm　2003 年

## 念奴娇　再咏大桥寄刘训武长者

春涛万里，一桥雄、莽莽神州生色。日照大旗红似火，回荡风雷喧彻。改地换天，劳工神圣，下捉五洋鳖。高瞻百代，丰功遐迩争说。　昨宵我梦同登，与公携手，芳甸花如雪。铁板铜琶歌未已，一艇江流横截。立异创新，推陈去腐，不负诗之国。云开锦绣，丹忱一片犹热。

（1976 年 4 月）

## 念奴娇　游黄山

游黄山值雨，与友人论徐霞客“五岳归来不看山，黄山归来不看岳”之评，赋此。

摩天拔地，展翠屏、自是黄山本色。七十二峰惊扑面，云海萦青缭白。怪石参差，奇松偃仰，鸾凤凌鳌鳖。天开图画，人谓五岳难及。　岂知山岳同心，挹江注海，兄弟陶然列。大地河山俱可爱，何用詹詹尊抑？万木迎春，千岩共秀，奇伟吾中国！人间换了，山灵喜泪千尺。

（1976 年 8 月）

## 水龙吟　冬暮怀刘桥叟

桥头新绿溅溅，芦芽簇簇生南浦。晴曦如画，东风送暖，岸边人语。水浅情深，朝朝同汲，须眉正妩。更林间矮屋，桑麻篱落，俱曾是，携谈处。　五载殷殷关切，频教我忆甜思苦。何期岁暮，江城归咏，苍茫烟雨。凝想当时，祖怀短褐，犁欢锄舞。待春来、料似前朝顽健，踏芳菲路。

（1977年1月）

## 祝英台近　怀桥东草庐用稼轩韵

桥东遥，天涯近。麦菽碧千顷。原上春深，一径桑榆影。日高粉竹摇青，泡桐吐翠，燕新乳、呢喃初定。箪瓢饮，偶逢村老同来，蝶舞园畦静。紫陌红尘，是处有佳境。场边黄犊哞鸣，风和昼永，但耕种、仓箱漫问。

（1977年3月）

## 点绛唇　纪梦

梦入嫏嬛，碧霄深处笙簧作。遍山红药，松漱云沉阁。芷佩荷裳，授我皆丘索。光绰约，蘧然惊觉，一枕朝阳泼。

（嫏嬛，即琅嬛，琅嬛福地传说为天帝藏书的洞府。）

（1978年10月12日）

# 念奴娇　读《江上诗存》步散师酬白野先生原韵　六首录三

### 其一　贺书成

先生何许？侣烟霞江上，书成匪易。山碧花红吟不倦，奇境攫来久矣。画继南黄，诗参北宋，精粹谁堪比？芬芳沁腑，深濡默化凡几。　　念我少日蹉跎，名山学步，负却嫏嬛意。堕入尘嚣萌鄙吝，愧怍毫厘千里。陶冶心灵，驰驱百代，绚烂窥神异。三十六卷，一林上接三李。

（南黄北齐：指黄宾虹，齐白石。三李：唐李白、李贺、李商隐。）

### 其三　记师训

春风化雨，似谆谆爱语，千金不易。诗画由来余事耳，涵泳性情可矣。读万卷书，行万里路，要与前贤比。辉煌时代，艺苑珍奇更几？　　驰念堤上村墟，渡头烟月，颇具浣花意。风雨仓皇曾抗水，爱重荆扉桑里。士先器识，而后文章，今古无殊异。斤斤文字，焉能颦效温李？

（1921年乌江大水，师为乡民请赈，率众抗洪，得免破圩。解放后师司江浦县水利多年，栉风沐雨，不辞劳苦，里人称焉。）

### 其六　美师传

诗融于字，舞龙蛇百丈，风云辟易。八秩高龄书境老，妙谛个中得矣。三指清臞，千钧磅礴，狂素颠张比。飞声腾实，东瀛仰慕曾几？　　江村灯火三更，石门砚蛀，罅闼趺蹲意。海岳未沉冰雪敛，春在墨华香里。本正源清，民苏国振，举往臻优异。攀登不懈，仆仆一肩行李。

（清吕留良，浙江石门人，所辑《宋诗钞》，师甚喜之。吕之虫蛀砚为师所得，作长歌咏之。散师有《古木暂憩图》，图中一负囊老人即自况也。）

（1978 年 12 月　浦镇）

## 水调歌头　祝贺日本名古屋建市九十周年

名古屋亦古，九十正欣荣。丹枫秋菊同艳，醇醴庆芳辰。我欲挹江注海，只恐琉璃盏浅，难贮此深情。一水盈盈处，日中友谊新。　　波骀荡，云纠缦，旭初升。龙腾虎躍，扬子津畔唱长征。东望扶桑嘉木，更觉光华照眼，文物仰名城。鞭影骅骝疾，“风入四蹄轻”。（杜甫句）

（1979 年 8 月）

## 念奴娇　咏白荷

烟残月晓，舒卷处、更爱一天风露。相向野塘情自远，疑是仙人缟素。冉冉香来，亭亭影静，欲举凌波步。绝无枝蔓，芦蒲数箭环护。　　犹闻切切嘈嘈，珠圆玉碎，擎罢黄昏雨。一任池翻云似墨，噪遍连宵蛙鼓。根扎泥中，漪生水面，不改轻盈故。朝霞烘日，朱颜腼腆长驻。

（1979 年 5 月）

## 念奴娇　浦镇散虹阁作

秋红两浦，胜春时、新绿汀洲杨柳。江上帆移云水阔，佳节重阳前后。烟柱成林，飞桥如画，神圣劳工手。泠然万象，襟怀一洗凡旧。　　十载原野耕耘，栖迟茅屋，泽畔行吟久。白首归来青眼在，又揽江南明秀。放笔高歌，开轩畅饮，万里丹霞皱。将台月好，犹闻夜夜鼍吼。

（1979 年 10 月）

## 念奴娇

由电视科教片《李四光与第四纪冰川》中之黄山，有此遐想，再用前韵。

四纪冰川，遗迹在、更觉黟山生色。峰刃擦痕雄辩者，科学之光四溢。鬼斧神工，峥嵘崛起。石或如猴鳖。地年地貌，卓然凭此成说。　　神州辈出英才，而况今朝，翳垢全昭雪。恰似奇峰争耸翠，势欲飞扬先抑。排雾拂云，万千仪态，瑰宝生华国。无穷宇宙，翱翔何限绳尺！

（1979年2月）

## 水龙吟　春日登浦镇点将台归小楼作　三首

### 其一

江天万里归帆，帆来天际云飞处。高台纵目，平畴绿展，遥峦黛聚。词梦连朝，宿酲乍醒，遐思缕缕。念十年羁泊，行吟原野，空领略，苏辛句。　　小市长桥依旧，入春来、几番风雨。诗书累我，牵萦应是，儿曹琐语。墨渖蛮笺，瓯香细草，窗曦又补。待江花飞暖，汀篙涨翠，寻五湖侣。

### 其二

天公惠我新篇，平林涌翠春来处。江澄如练，山浓于酒，素凝青聚。底事悽惶，朝阳熠熠，光华万缕。动撑肠诗怪，嘘灵画魅，浑不是，陈章句。　　鼍鼓声声犹记，起鱼龙，滩风海雨。书生有泪，神荃可察，何庸置语。发白心丹，燃犀炳烛，蹉跎能补。揽楼前秀色，文章大块，供刍荛侣。

### 其三

胸藏万斛狂豪，蕲王台上行吟处。江渟山峙，依然无恙，浮云散聚。捭阖纵横，神州正气，不绝如缕。忆寒凝

水龙吟　刘桥作　80cm × 76cm　1980 年

大地，春华未发，几曾诵，升平句。　路转千家杨柳，占江南、酥风腻雨。临街有阁，月明中夜，铮铮共语。报国多门，兴邦多难，娲天待补。鞭龙吟一水，凤歌三叠，酬樽前侣。

（此阕赠友人李弋飞，时李将赴京参加司法师资学习班。）

（1980 年 4 月）

## 前调　忆刘桥草庐用前韵

耕耘我忆刘桥，古盐河畔春浓处。稆苗出土，杨花糁径，鸡雏来聚。村女浣衣，牛娃揹篓，炊烟散缕。对青青阡陌，柴关昼静，频商略，老农语。　更喜新篁数箭，穿疏篱，摇风曳雨。凌虚得路，挺姿拔节，当窗轩举。蜂蝶无猜，尘嚣不到，残书堪补。扫浮花浪蕊，归真返朴，笑高阳侣。

（1980 年）

## 祝英台近　寄孙步坦杭州

柳丝扬，荷盖举，旖旎西湖雨。写入涛笺，为寄江淮侣。争知案牍神劳，风尘目倦，云帆过，诗怀难翥。　羡游旅，指点江上潮来，山间泉漱吐。驰念平原，阗阗村社鼓。时还读我农书，斟今酌古。夺丰稔，心雄如虎。

（1980 年 12 月）

## 水龙吟　次东坡杨花韵

余儿时于故乡桥林后街一带棚户门前，见柳絮似雪，铺缀败垣间，惘然有思，曾以七绝纪之：“春日百花颜色娇，柳花却作雪花飘。从来不识朱楼贵，飞向蓬门慰寂寥。”今偶读苏词，追赋此以和之。

人间我爱杨花，江村一夜如霜坠。谁云轻薄，分明滞

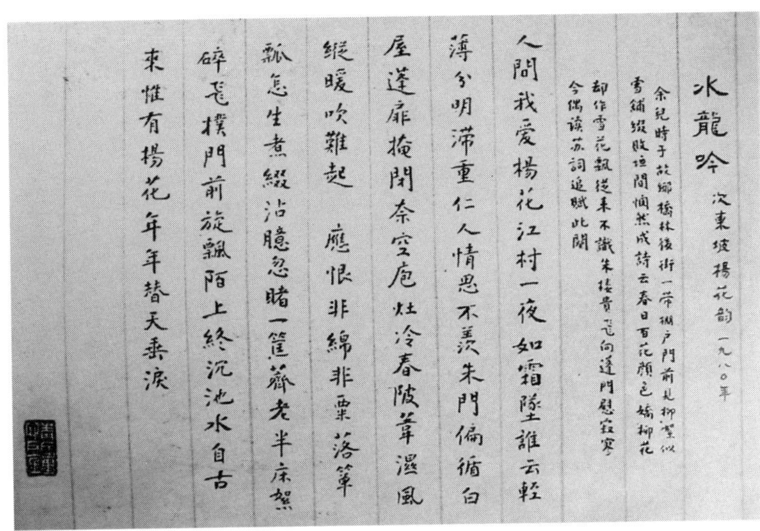


水龙吟·次东坡杨花韵　26cm × 39cm　1980 年

重，仁人情思。不羡朱门，偏循白屋，蓬扉掩闭。奈空庖灶冷，春陂苇湿，风纵暖，吹难起。　　应恨非绵非粟，落箪瓢、怎生煮缀？沾臆忽睹，一筐荠老，半床絮碎。飞扑门前，旋飘陌上，终沉池水。自古来、惟有杨花，年年替天垂泪！

## 又

前词既成，忆前年回故里时，后街已建工人新村，塘边高柳拂天，园花似锦，别是一番景象，应再纪之。

而今我见杨花，恰如瑞雪从天坠。因风乍舞，教人顿发，谢家才思。碧瓦参差，红墙连亘，明窗敞闭。看春光和煦，蒸藜苏活，平地又高楼起。　　晴午飞来点点，落衣襟、微醺可缀。时清人定，莺梭燕剪，嘉荫不碎。莫上鬓边，休粘蛛网，但临塘水。化萍踪、倒映苍穹，殷勤洒欢喜泪。

（1980 年 12 月 26 日）

# 水龙吟　纪念鲁迅先生一百周年诞辰

佼佼民族精魂，苦心孤诣轩辕荐。灵台神矢，追逋射敌，了无疲倦。滋养乔柯，腴生野草，春泥缱绻。但疾声呐喊，彷徨荷戟，天可补，石能炼。　　故里乌篷堪念，为销毁千年门槛。攻书三味，吮毫虎尾，将雏夜栈。风雨鸡鸣，神州再造，光华无限。记倘存一息，仍当奋振，是先生愿。

（1981年10月）

## 阮郎归　浦六路上春雨中作，用白匋先生韵

诗丝乍裹若春蠶，雨细競飘衫。平林柔麦梦初恬，醰醰乡味甘。　　山若黛，水拖蓝。浓云敞复缄。人家依旧倚城尖，江明天畔帆。

### 又四首　浦镇井上庐作

天孙濯锦爱冰蚕，珍重此青衫。铸陶人亦得安恬。老知书味甘。　　温故旧，论青蓝。谁云秘可缄？春陂已露小荷尖，云飞远近帆。

名丝利茧悯秋茧，欲著芰荷衫。灵台安处白云恬。何须问苦甘？　　花似火，水如蓝。诗怀难自缄。春江回绕塔双尖，天开万里帆。

鬓丝几缕讶银蚕，白下老青衫。总将涓滴化清恬。低眉孺子甘。　　近乎赤，胜于蓝。真诠不可缄。精微摇兀上毫尖，眼前沧海帆。

心仪桑柘供村蚕，不自著罗衫。知春好雨入宵恬，欣欣物正甘。　　钟阜碧，玉屏蓝。岫云不受缄。年年送远埠头尖，风高情满帆。

（玉屏：江北江浦境内老山，又名玉屏山。）

（1982 年 3 月）

## 卜算子　春游二首

何处去游春？但指西城路。点将台高势欲飞，新绿层层护。　　本自爱吟哦，料有宜人句。绮丽江乡百卉滋，况着东风雨。

前哲惜分阴，严饬堪为度。少日平平老更庸，但以蹉跎故。　　春色不欺人，召我顶山去。能逐儿童队里行，远胜邯郸步。

（1983 年 4 月于两浦铁路职工子弟中学）

## 鹧鸪天　柘塘道中

一路轻阴桑作行，柘塘五月绿生凉。荷钱腴丽原多露，蒲剑温柔亦送香。　　蓑笠动，雨丝忙。水田千面镜新张。农情已使诗情富，照眼弥弥爱浅秧。

（1983 年 6 月于南京农业大学）

## 念奴娇　卫岗作

朝烟暮雨，似多情共我，钟山相识。驾得轻车驰卫岗，遐思往还如织。采摭农言，校勘佚史，率尔为编辑。龙颠虎倒，蹉跎一任头白。　　五月溧水归来，秧针柳线，绿浸村翁笠。不觉一庵如勺小，但爱墨痕新湿。坡谷诗机，荆关画乘，漫弄闲中笔。窗虚昼静，飞岚坐对呼吸。

（1983 年 7 月）

## 壶中天　为上海胡道静先生作《海隅读书图》次潘景郑老人赠道静先生《劫后海隅文库》韵

读经读史，一隅间、能藏天风海雨。柔日已偕刚日至，几度繁花飘絮。引古征今，千秋得失，微渐须防杜。寸丹报国，披寻何限章句。　　皎皎自信平生，鄉嬛重任，总是东君护。鲸浪鸥波风日净，一苇看公凌步。竟惜分阴，宝非尺璧，卷里青春驻。时飞余沥，吟边更绎新绪。

（1983 年 12 月）

## 浣溪沙　湖畔晓行

杨柳微黄弄浅痕，烟霏褪处见朝暾。九华塔影镜中扪。车缓正宜湖上路。林疏不碍岸边村。钟山蕴藉慰劳人。

（1984 年）

## 百字令　庆祝母校金陵大学建校一百周年

百年堪庆，造人才、辉映东南风物。文理林农生羽翮，看我金陵腾越。高竿凌霄，良棉糁地，胜处人争说。颠连蜀道，载回多少奇崛！　　歌声入海滔滔，大洋两岸，情系钟楼月。旧忆新潮时复涨，教诲不忘耄耋。庠序留芳，宏微得献，轫为神州发。激扬百代，人间弦诵难辍。

（1988 年）

## 水调歌头　己巳上元大雪三日于淮阴市孙步坦寓楼酌酒

苍莽淮阴雪，漩洑将台潮。为官为学何幸，缔此白头交。喜对满庭积素，更见琼柯玉树，未折岁寒腰。感咏一笼袖，天地正清寥。　　樽俎外，书卷里，论风骚。烟犁如画，绵芊新绿泼平皋。大气安能污染？洪泽安能涸浅？

溶泄在明朝。慎莫欺黄发，艰苦励垂髫。

（1989 年）

## 水龙吟　一九八九年四月廿二日晨感愤而作

侵宵淅沥无休，是他春雨浇愁处。沉云泼黛，荒阶绽藓，石凹泪聚。砚涵紫气，墨卧虬螭，情腾万缕。促江河浪浊，舟车浮坼，宛然是，杜陵句。　　国事邦忧俱在，却接引、欧风港雨。芳兰未茁，劣莸难剪，苍穹何语！云胡都忘，惟勤惟俭，力将患补？撼山原醒寤，华林耀彩，仗横眉侣。

## 清平乐　赞驷马山引江工程　二首

引江灌溉，渴饮烟涛在。保我农田不受害，宣浅航行俱快。　　切岭驷马腾空，滁河横嵌彩虹。此马能惊神禹，何用乌骓嘶风！

水龙吟罢，两岸春无价。万陌千村禾似画。一带青山低亚。　　何人牵引长江，能教水上高冈？一闸情关万顷，一指力敌金刚。

（安徽驷马山引江工程于1969年12月动工，发动20多万民工，切开驷马山，筑一连接长江、滁河的新河道，全长 27.5 公里，有五座抽水站、四座节制闸、四座船闸等主体工程。可灌溉苏皖两省九个县市的 365.4 万亩农田。引江灌溉区总面积 5000 多平方公里。）

（1990 年 4 月　乌江）

## 念奴娇　作《野水秋心图》因题

参差野水，落潮痕、抹出江南秋色。茅舍两椽临远岸，下有小舟如叶。浅渚回青，寒林曳紫，掩映波光澈。坡公诗境，赢来笔底空阔。　坎壈忽忆当年，秋原俚语，邀踏村桥月。一笑同沾篱畔酒，稼穑浓情凭说。别久念深，俸多献少，几度蒹葭发。砚边搔首，秋心图画难达。

（1991 年）

## 前调　题《春江朗抱图》

我心骀荡，写江南、便是怡人春色。水自空明山自秀，两岸疏花繁叶。村径幽迴，渔舟静泊，几处秧歌彻。暖莺争树，东风拂煦三月。　此乃心画心声，古来今往，妙谛殊难说。我有曝忱何得献，说也痴迷迂阔。虹墨斑斓，散毫苍远，匋缶清腴发。大千一勺，纵横万象能答。

（虹指黄宾虹，散指林散之，匋指吴白匋三位大师。）

（1991年）

## 水调歌头　咏溧阳天目湖静泊山庄，次东坡韵

有此一湖水，张目爱青天。滟滟碧波千顷，蓄贮自何年？驾得“明珠”（游艇名）小艇，忍教琉璃划破，喷溅玉声寒？忽附九霄羽，轻滑镜奁间。　水一库，山四泊，静如眠。青鬟翠鬓，远隆近伏缀方圆。已入太湖浩渺，更兼西湖旖旎，千岛几痕全。洗胸归一勺，永不忘婵娟。

（1994年3月）

## 念奴娇　为纪念散之夫子逝世五周年而作，次夫子和白野先生韵 四首录二

师曾书“欲换俗骨无金丹”示耘，又常嘱：“惟读书能去俗”。因奉此圭臬以承师教。

### 其三　忆师教

读书医俗，有金丹换骨，行之也易。字我子西画我掌，指授岂能忘矣？驿馆啜羹，麓车眄树，沂水春风比。以诗为业，萦思常侍窗几。　江上桔槔不断，锦茵阡陌，无限

乡关意。万壑千岩频入袖，挥洒蓬扉梓里。灯砚温馨，云岚点拨，导我寻灵异。人间春在，村头正见芳李。

**其四　承师志**

读书驱俗，藉金丹醒世，居非简易。一勺水云浣世界，倏尔古稀至矣。辣手文章，铁肩道义，犹可先生比。子西字我，指端灵秀留几。　　千里峨眉寻迹，岚飞磴仄，报国光明意。归到钵池思不匮，又入先生卷里。山水养志，诗书润身，诵习无穷异。瑾瑜在握，何珍木桃僵李。

（1994 年 12 月 6 日）

## 菩萨蛮　寄步坦

躍登天际崆峒绿，欲偕吾子骑黄鹤。淮上雪茫茫，钵池一阁藏。　　将台慵读史，白下岚光紫。一勺砚边吟，蹉跎万古心！

（1995 年南京下关安乐村）

## 满江红　母校江浦县中学六十一周年校庆暨新校舍落成典礼（用岳武穆韵）

江浦肥东，抗战时，弦歌未歇。造人材，拯危急难，桃秾李烈。大赵村喧星甸铎，祠堂高耸上刁月。为崛起，读我中华书，驰骋切。　　咬菜根，囊萤雪；平险阻，疮痍灭。立兴邦大志，能补天缺。纵浦横江科技脉，风捭云阖炎黄血。六十年，努力创辉煌，歌新阕。

四十年代学子敬贺

单人耘　撰书

（2000 年 10 月）

## 清平乐　赠严良玉

碧泉古道，道口秋风燥。一任红尘飞又到，不碍渊明吟啸。　　耕耘人自无奇，吾邦文在于兹。胜似桃园结义，良驹美玉逢时。

（2005 年 11 月于浦镇东门姚园）

## 点绛唇　寄姚在文兄

礼罢碧泉，凌霄一簇垂檐际。绿阴秾腻，淡日和风里。茧手文章，未负鄉嬛意。凭砚几，墨痕旖旎，挥洒春千里。

（2006 年 7 月）

## 词二首　调依《清平乐》

阅《扬子晚报》2009 年 3 月 28 日头版头条标题新闻“我省选聘 5 010 名大学生‘村官’”有感。

（一）

农为邦本，古训光耿耿。“村官”选聘大学生，乃是富民新政。　　科教兴农兴邦，“三农”重任在肩。学子来任“村官”，是上新的课堂。

（二）

以民为本，民以食为天。学稼务农第一线，全面小康待建。　　同亲雨笠烟蓑，同歌日丽风和。克勤克俭同德，福祉来自磋磨。

（2009 年 3 月 28 日）

## 满江红　庆祝新中国成立六十周年（次岳飞《登黄鹤楼有感》韵）

十月神州，阳春遍；山川城郭。力前驰，小康大道，岂能置搁？振臂截江三峡醒，登舱揽月九韶作（九韶：《书经·益稷》箫韶九成）。百利兴，涤荡旧尘氛，驱千恶。　汶川震，地之锷，军民爱，整岩壑。护老老幼幼，喜从天落。

照古辉今免农税，为民廉政现河洛（河洛：河图洛书，称为河洛。伏羲氏王天下，龙马负图出于河）。庆甲子，钟鼓颂和谐，舞鸾鹤。

（2009年8月）

## 念奴娇　卫岗题画赠咸金山

春腴两浦，雨霏霏，小市疏村丛柳。蘋渚芦汀似未醒，已有渔罾前后。如画如诗，如歌如拍，蕴藉东君手。朝朝暮暮，江上风烟非旧。　　卫岗三载怡怡，勺庐寸晷，清梦驰思久。化作扁舟摇一叶，荡入西城揽秀。不用高吟，不须豪饮，但撷云岚皴。遄飞逸兴，将台又听涛吼。

（2006年）

## 点绛唇　浦口碧泉吟友编注《单人耘诗词选读》书稿成

### 赋此志庆，兼谢姚在文乡兄

春永碧泉，姚家花木清阴在。勤劳四代，功侔良相外。九友频来，吟写接千载。桑梓爱，茧手文脉，拓新诗世界。

（编者按：南京农业大学已将此书列入国家大学生文化素质教育丛书。此书从辑选、注析到出版，前后历时三年，为供浦口区中小学及南农大开展诗教之用，以“宣教今世，陶育后人”。）

（2010年10月）

## 点绛唇　雍庄作，赠太忠

得似嫏嬛，偕吟花木葱茏处。一阁临渚，十里晴江护。围灯笑语，稼穑当年苦。赭洛路，乡情如许，白首青春驻。

（2012年11月）

## 点绛唇　赠宗良纲

偕入嫏嬛，酣吟花木欣荣处。烟霞茹吐，翰苑书城护。一勺大千,万顷嘉禾聚。荆溪路，陶人陶土。金紫灿钟阜。

（2013年）

## 点绛唇　癸巳冬卫岗勺庐作

长忆村原，行吟风日清酣处。农歌牧语，百丈尘嚣去。此即嫏嬛，住得嫏嬛侣。刘桥路，春温夏煦，芳菲今胜古。

（2013年）

# 点绛唇　钟山执铎者颂　四首

## 胡金波

湖上金波，锦帆扬处笙簧作。螂嬛有约，秉铎钟山麓。恺悌人间，不负江淮学。言谔谔，关情一勺，千载轩辕诺。

（胡金波，江苏淮安人，曾任江苏省教育厅副厅长。现任江苏省委组织部副部长。1998 年 7 月至 2011 年 10 月任南京农业大学党委副书记兼副校长期间，注重开展大学生文化素质教育和爱国主义教育，南京农业大学被列为国家大学生文化素质教育基地。）

## 王思明

同叩螂嬛，紫金山麓毓灵秀。耕烟犁雨，文史中华胄。八八吟叟，一勺三千首。课童幼，羲琴农瑟，奏响诗宇宙。

（王思明，湖南人，2000 年 9 月至 2013 年 12 月任南京农业大学人文学院副院长、院长。2001 年至今，任中华农业文明研究院院长。2014 年被聘为农业部全球重要农业文化遗产专家委员会委员。）

## 盛邦跃

朗洁襟怀，京华识得姑溪月。邦之有杰，含章在素质。钟阜青青，青了耘翁发。诗心跃，文心腾越，农心更润泽。

（盛邦跃，江苏靖江人，现任南京农业大学党委副书记。1999年6月至2001年10月任南京农业大学人文与社会科学学院院长时，专门组织力量编写《中国历代咏农诗选》作为大学生文化素质教育丛书。）

**周应恒**

慧者敏行，诚者福祉应恒永。一勺之吟，能得嫏嬛境。治国良纲，端在诗书警。民之运，耘芜去病，万象大千蕴。

（周应恒，湖南长沙人，1998年9月至2000年3月日本东京大学研究生院招聘学者，2001年至今，南京农业大学经济管理学院教授、副院长、院长。现为南京农业大学人文社科处处长。）

（2014年2月）

## 清平乐　赠周应恒（并序）

应恒早年游学讲学日本，暇时爱诵一联："独立桥头，人影不随流水去；孤眠枕上，梦魂常到故乡来"。不知谁何所作，述之于我，我亦爱此联，并为应恒爱国怀乡之情所感，因掇取此调以赠。兼示子以、子丰、子引、子可、子书。

桥头独立，桥下水流急。人影不随流水去，水自潺湲不息。　宵宵枕上孤眠，梦魂千里萦牵。衡岳秋光灿耀，白云红树家园。

（2014年11月　钟山医院）

## 点绛唇　旧作赠梁治国（并序）

2007年1月18日，余偕同乡姚在文、严良玉往江浦狮子岭谒圆霖长老于兜率寺白云丈室，面呈此稿。长老甚爱之，命即墨笔宣纸书之以留观，众皆大喜。此番缘遇，至为难得。日前，南京达摩书画院倩我作诗以贺，余因录此词为祝。次日，适子可北上京华晤子以，因书之赠子以，同温此狮岭感遇于吾侪治学悟道必有所启迪也。子可返宁，又书一纸贻子可。

梦萦兜率，狮岭烟霞长在望。春温秋灿。浦子天宽广。
卓锡遥来，欲渡风涛响。胼胝相。一苇江上。绵绵无尽想。

（兜率：梵文音译，佛教所谓欲界诸天之一。义为知足、喜足、妙足，兜率天，是受乐知足而生欢喜之心的天界。）

（达摩：又称菩提达摩，南北朝时由天竺国来中国传教的僧人。公元526年梁武帝特邀至建康，与说佛理。因教乘不合，达摩折芦苇渡江，至现在的大厂区长芦寺，后又至浦口定山禅院驻锡修行。传说在此面壁九年，最后北上嵩山少林寺。卓锡泉，是他以锡杖卓地而得汩汩流泉。现刻有“卓锡泉”三字的残石匾仍在涧边。）

（2014年12月）

江天万里云帆　126cm×68cm　1982 年

# 点绛唇　乙未岁朝感言

温故知新，神州千载如新沐。烟霞开合，不变者山岳。　腹有诗书，气象自华渥。经典读。去私去俗。守此嫏嬛谷。

（2015年2月）

# 民歌体

## 谢东仁翻身

太阳出来暖洋洋，春风吹的锄头痒。丁树村上访劳模，谢东仁正在忙开荒。竹园地难开竹根长，问他为何这样忙？

他说："这块地如今是我的，不比往年替人忙！往年的辛苦话太长，三天也怕说不完！十八岁帮工今年五十五，整整三十七年的苦时光。家在安徽含山县，自小一人来逃荒，东家换了七八个，剥削的心肠总一样！"

"头两年人地生疏帮工都帮不上，一年苦到头只抵两块大银洋。可恨凤凰村伪保长郑富钧，倚仗势力压穷人，一年要拉两次网①，下你的贴子不怕你不上。上了他份子还不算，逼你赌钱想你方②。赢了一个钱拿不着，输了一年的工钱输个光。"

“年年苦来年年忙，积几个工钱制衣裳，不料郑富钧领人来抢劫，多年的辛苦一扫光。我本来不吃烟和酒，从此买衣物也就没心肠，制了衣服没用场，忙来忙去为人忙。说起干活樁樁会，东家的庄稼我看得命一般，到哪里哪个不说：‘谢老二，你真是个做田大内行’！”

“五年前帮工在前村，尉迟柏顺的老太待我真是狠，我替他家苦来替他累，谁想到他年三十晚上撵我出大门！无家无业的人真伤心，寒冬腊月无处登。大年初一就要饭，挨到二月头才帮人。去年土改翻了身，斗争会上诉苦情：‘受你的剥削不用说，就这一桩事你就对不起人’！”

“再说日本鬼子来南京，糟蹋妇女乱杀人，每天替他造碉堡，临走还送你一脚跟！鬼子走过后来了中央兵，那有半点好处待人民？只有毛主席他一来，领导农民翻了身！”

“解放后我当了小组长，前年秋天评议缴公粮，大家的事我都高兴干，农会主任推我当。去年夏天水头短[3]，尤学贵田里无水家里又无粮，大家帮他车水又插秧，都不肯吃他一顿饭。秋后包芦[4]地里要上粪，发动大家互相来帮忙，家家旱谷多收成，今年春头不用愁口粮。”

“土地改革本是为穷人，有点好处我先侭人，分了二亩四分地，一亩五荒山也要耕。地在我手里一定好，多耕锄来多压粪，起早巴黑地里搞，包你黄土变成金。塘泥挑的上麦地，水粪要浇包芦根，羊粪凉来马粪暖，第二年子好收成。生荒难筑也顶肥，芝麻葵花最抢生[5]。熟地小麦蚕豆隔年换，不瘦地来没草根。问我种子缺不缺？黄豆好种缺六升，眼前大粪差五担，钉耙锄头缺两根。”

一面说来一面走，走到他的小草棚，村上互助精神好，替他盖的好存身。小门上贴的红对子，写的是：“农村土改真合事[6]，光弹翻身做主人。”[7]原来老谢苦一生，到现在还是个单身人！忙问“什么时候才娶亲”？老谢笑着不作声。指着屋外一片地，要栽桃树好开花。掏出旱烟吸两口，连说“同志没烧茶！”

我望老谢笑盈盈，多年苦汉翻了身，那一句话不是心底话？这一番历史真动人。

但愿他今年庄稼收成好，明年大红喜字贴上门，栽的桃树开了花，又添了锄头又娶了人！

（1951年3月6日作于南京市郊菊花乡政府，
1951年8月发表于上海正风出版社《红旗诗丛》
第二辑《正气的伸张》）

①拉网：是当地俗语，即借请酒为名，来敲竹杠。

②想你方：是说想你的主意，做圈套。

③水头短：是说天不下雨，田里缺水。

④包芦：就是玉米。

⑤抢生：是指一种农作宜种在新开荒的地上，生长最好。

⑥⑦对联照原文所抄："合事"疑是"合式"，"光弹"就是"光蛋"，谐音。

# 散 文

## 春夜散记

——在社场上

著名书画家单人耘先生，1970年下放涟水。6年间与村邻结下深厚感情。他称涟水为他的第二故乡，并写下大量的诗词歌咏之。本篇散文是他当时在涟水所写，感情质朴，情真意切。今特刊登，以飨读者。

——编者的话

去年秋天的一个夜晚，我从我工作的黄营公社中学回到我们插队落户的刘桥，听孩子们说队里一位71岁的老贫农曾经两次来看我而我都没有在家，我和淑都感到不过意，踊儿说：今晚他一个人在社房看场哩！于是我便到社场上去找他。

这时正是收获高粱的季节，天已经黑了，村上各家社员都在吃晚饭。社场上静静地，天上没有星光，天边有几抹浓云。社场当中一簇簇的该是高粱秆穗，夜气中散发着微湿的庄稼香味。

我快步走向社房，只见社房门前远远地果然有一个人坐在那里，待我走近了，他站起身来，是他！在夜色微明中，看得出这位老贫农熟悉的癯瘦面容。他戴着旧的线帽，那和善的眼睛望着我，微瘪的臂，稀疏的胡子，浮着笑意说："是老哥哥！"——他一直是这么叫我的，我立刻走上前握着他的手，招呼他："小老爹，又是你一个人看场啊！"……于是，我们手拉着手，并肩坐在那堆干草上叙谈起来了！

这是我们生产队里年辈最长的老贫农，名叫刘中满，社员们都亲切地称他"小老爹"，因此，我也这么称呼他。他老夫妻俩只有个两女儿，早已出嫁了，没有儿子，队里把他们列为"五保户"。我们刚下放来的那年春节，队长的妻子、大嫂来替我们做豆腐时，便是请中满的老伴"小老奶"来帮忙烧锅的，队里人称他的老伴为"小老奶"，大概

因为他虽是长辈，而在他同辈中排行小吧?

小老奶是个朴实的老大妈，六十多岁了，从她和淑谈话中，知道他夫妇俩在旧社会是村里最贫穷最老实的人，他俩终年背个草篓，在外拾柴草也不够烧，一直过着缺吃少穿的日子。他们曾有一个男孩，六岁时因为生病，没钱医治便死去了，直到现在小老奶在田里做农活时。还常常和几个老妯娌叹息这件事:“如果是这会子，我那‘小夥’也不会糟掉的。这会子有合作医疗啦！”

在帮我们做豆腐时，小老奶反复对淑这样讲:“现在，共产党、毛主席领我们翻了身，我们吃烧都不用愁了，要烧草，大伙叫我们到队里来拿，旧社会呀，哪有这好事呀！”

说着就嘿嘿地笑起来，队长见我们和小老奶谈新旧社会对比，便对我说:“你们刚来。还不知道小老爹吧，往后你会看到他，他最把生产队放在心上的，社场上有一粒粮食，他也要捡起来……”

小老奶接着说:“锅里没有，碗里哪会有?大河水满，小河水才会淌啊！忙起来，小老爹就是在社场上，连家都不回呀！”

集体给了他老俩口温暖，他俩打心里热爱集体，这使我很想见见这位老贫农。

后来，队里安排我在场上和几位老贫农一块劳动，我很快认识了小老爹，真如队长所说，场边上撒了几颗麦粒，他都要一粒一粒捡起来，每次打场，簸扬过的下脚他不知要扫多少次，然后再用簸箕、细细簸出粮粒，场地上的农具杂物，他都是随手就拾理好……

小老爹不大说话。只是不声不响地为集体干活，从不歇手。我跟他学会了扫场，我的两个孩子跟他学会了搓绳，每当我看见他赤着脚，握住大竹帚沿着粮堆一下一下地扫场时，或是看到他一人坐在社房里，为生产队擘麻不紧不慢地搓绳时，不知为什么？我心中总是油然地对他产生无穷的敬意。因为中满老爹，同祖国大地上劳动着的千百万贫下中农一样，就是这样地一点一滴地为集体贡献着力量，为我们国家“广积粮”支援社会主义建设，支援世界革命。

小老爹一心为公，是队里年轻人的榜样，而且他最有耐心，更是人们尊敬的。每逢看场时，队长总是找他来看，时常是别的人回去吃午饭或晚饭，他就一个人在这儿，等值班的人来了他才回家吃饭。他从来不发躁，只是安祥地坐在场上照看粮堆，或是顺手修补队里的农具，这我已碰到好多次了。

由于这些，我对中满老爹是非常敬爱的，他这种淳朴无私，正是老一辈贫下中农所具有的好品质。他手把手地教我扫场、翻场、铲牛粪……在劳动上是我的老师，在思想上给我深刻的教育，更是我的好老师。我尊重他，喜欢他，他也乐意和我谈话，虽然他不善于说话，和我说的也不多，但从他身上，从他所讲的，我学到不少东西。而这些几乎无法用文字语言来表达。

这天夜晚，我们一同坐在高粱堆旁的叙谈，我也是怀着这样的尊敬感情。

我问他："你身体可好？脚上以前肿好了吧？"

他笑嘻嘻地说："现在不肿了，难为你老哥哥关心。"

他接着问我："今晚回家来的啊，明天星期天啰！"

我便问他什么时间去我家的，又问他队里近来忙什么农活，今年高粱收成可好……他一一回答。

我又问他："您的小外孙还在这里给小老奶带么？"

他说："是的，小外孙还没走！谢谢孙老师（指淑）上次还给小老奶带斤红糖把我……"

我忙说："这点，就别谢了。"真的，对于这样的老贫农，我们一家人都是尊敬他们的，是他们养活了我们，教育着我们，我们蒙受他的深情厚意，实在不是一斤红糖所能酬谢的啊。

"没有贫农，便没有革命。"我牢记伟大领袖毛主席的教导，我还时常想着《在延安文艺座谈会上的讲话》中这几句光辉指示："最干净的还是工人农民，尽管他们手是黑的，脚上有牛屎，还是比资产阶级和小资产阶级知识分子都干净。"

我感到像我这样从城里来的，旧学校里培养出来的知识分子，实在是愧对这个淳朴可贵的老贫农啊！我为贫下中农做了些什么？尽了多少力？没有，只是给了他们不少麻烦。我们平时认为这艰苦那艰苦，其实比起他们。我们的“艰苦”根本不算什么了。

我知道，要和贫下中农打成一片，要群众了解自己，“就得下决心，经过长期的甚至是痛苦的磨炼。”我们一家来到刘桥。已两年多了。我们和贫下中农们是建立了一些感情。我们渐渐地感到老贫农的可贵处，除了阶级立场坚定、鲜明，富有生产斗争经验，生活俭朴，等等，还在于他们从不夸夸其谈，而是踏踏实实地劳动着。金色的麦粒、洁白的玉米。是他们用辛勤的汗水浇灌出来的，是像小老爹这样的社员们用粗糙的双手一粒一粒地簸扬干净的，而他们从不居功自傲，更没有“出了一点力就觉得了不起，喜欢自吹，生怕人家不知道”。就这一点。也是对我们知识分子一个有力的针砭了。

在小老爹那次生病时，淑曾给他的老伴带过一斤红糖，我也去看过他两次，我在大队搞工作时常到卫生室问讯，因大队赤脚医生每天到他家去诊治，后来听说他病好了，一天天健康了，我才放心。

这晚，我挨着他坐在场上，便很自然地交谈这些，他亲热地称我“老哥哥，”我是不敢当的（我才 47 岁），但

是，我感到很荣幸，老人的手紧握住我的手。我感到他的手很暖和，可见他身体已很好了，这时，我觉得他对于我，比之我小时候教我读书、绘画，后来也建立深厚感情的左耳老师，更亲昵了。当然，小老爹是不会知道我这些想法的。

我们继续谈些队里秋收的事，在微茫的夜色中，我们能相互看到对方脸上的笑意，似乎也听得见彼此的心声。所谈的虽是平常，但我们的友谊却不平常，真挚的老贫农在给我以无声的教育，在潜移默化，在鼓励我真正成为他们所欢迎的知识分子，因而，这个时刻也是不平常的。

我们的手一直紧紧地握住……

夜色更浓了，我心中忽然涌起一种异常亲切的感情，像是一个小孩子依恋着老祖父似的感情。

我羡慕他的淳厚、单纯、平凡。我觉得他伟大，而伟大在于他的平凡，就是这些平凡而伟大的劳动者用双手建造了世界，而他自己却以为没有什么？这正是我感到他极可尊敬、要切实向他学习的所在。他不要人们督促，也不要人们称颂，只是不知疲倦地、老老实实地、自觉地为集体工作，尽着自己的力。

我想起前年“四夏”中，大队要我和队长一起总结我队以中满老爹为典型的响应“广积粮”的伟大号召，做到“颗粒归仓，备战备荒”的先进事迹时，我们费了好大的力。因为要总结他的表现向公社报道么，他是从来不肯讲自己的。只有我与他在闲谈时，问他为什么这样爱惜颗粒粮食，他才笑笑说：“为大家，为社会主义，锅里有，碗里才有。”

这可敬的老人！他的满足在于衷心地将自己的一份劳动汇聚于集体之中，像那麦场上无数的金色麦粒堆成粮山，而一颗颗麦粒就是从他和千百个他的手中种出来的，簸出来的……

这时，他在我眼前的形象突然高大了，这社场仿佛化作一片融和光洁的金色海洋，围绕他身旁的一簇簇紫红的高粱穗，象是千百枝红珊瑚珠攒成的，正放射着一道道毫光，把我的心也照得通明了，这也许是由于我看到了老爹的一颗“红亮的心”的缘故吧……

和蔼而谦虚的老人哟！您真永远是我敬爱的老师。我要像你这样永不疲倦地全心全意地为人民服务，为社会主义服务，不为名，不为利，为大家！

他今年七十二岁了，目前清明刚过，他近来想必在队里又忙着他年年春耕备种时所要做的一些农活吧？我下次回队时，一定去看看他。

1974年4月8日夜　黄营中学灯下

# 后　记

由于我思想的不深邃，文字不凝炼。我写的这篇东西与我想写成像鲁迅《藤野先生》那样的愿望，差得太远了，这只能算个草稿，是一次大胆的尝试，但这事实和感情却都是真的，没有虚夸、没有硬做，也不是为了自炫或猎奇，可以告慰我自己和能看到这篇东西的诸亲友。

秋收季节的刘桥社场，是富于浓郁的诗意的，和这样淳朴无华、和蔼可亲的老贫农在一起，净化了自己芜杂的灵魂，坚定了自己走“五·七”道路的决心，更是充满盎然的诗意。我想，如果这算是迈出了接近工农的第一步，那么我应该锲而不舍，在这条金光大道上继续向前，作切实、深入的努力，使自己的思想感情彻底地“来一个变化，来一番改造”。

淑，简，你们以为对么？

4月12日夜

（原载于《安东文化研究》2013年第3期）

# 附 录

## 从来茧手胜华章

### ——单人耘刘桥诗词欣赏

王佳峻　王双华

单人耘教授现年85岁，江苏省文史研究馆馆员、中国九三学社社员、江苏省诗词学会顾问、林散之研究会理事、中国农业历史学会会员。其著作除《一勺吟》诗词选集（中华书局1976年版）外，还有《单人耘诗书画集》（中国文联出版社，2003年版）、《中国历代咏农诗选》（农业出版社，2010年版）。他诗书画全能，尤以诗词见长。童年受教于外祖父，又拜师林散之学画学诗，耳提面命，深受濡染。1946年，他高中毕业后考入金陵大学，学农科。1969年，全家从南京浦口下放苏北涟水县胡集刘桥，插队6年，

单人耘教授2011年10月与中国人民大学图书馆长刘大椿夫妇及诗友们交流近作（北京）

与当地农民结下深厚感情，爱上这里的一草一木。当年的下放改造，多数人身体上和精神上有双重痛苦，而单先生随遇而安，苦乐年华，其乐融融，如同谪仙的诗人，乡村的泥土味和劳动的艰辛，与千古流传下来的悯农诗篇，如同一剂合成的中草药，医疗和滋润诗人慈悲的心灵，触发他的灵感，时发诗兴，诗如泉涌，写出一首又一首好诗好词。

## 一

## 如梦令　刘桥

黄叶如花照眼，天际白云舒卷。送客出刘桥，更爱芦塘清浅。指点，指点，平旷何输奇险！

（1972年）

作者在送客出村时，村头一株银杏树，秋日金灿灿的黄叶如同春天的花一样鲜丽照眼，闪着金光，“照眼”两字很醒目。树的上空，飘荡着片片白云的蓝天。“舒卷”两字把天空静静的白云写得有动态了，色彩鲜明，调子轻快。“更爱芦塘清浅”。一个“更”字，显示了中国古典诗词用字简炼之美。一幅美丽可爱的清秋图，一首苏北深秋景色的小词，读来如啖生梨、如饮清茗。作者与客人大概都是一同下放此乡的人吧，在指点秋色时，不约而同地赞叹客居地：谁说此地无山风光不美，可是平旷并不逊于奇险。意在言外，有历史环境下的语境：“天涯何处无芳草。”

## 采桑子　重阳

平生爱此重阳节，到了农家，别了京华。月映门前芦荻花。　　桥东红芋桥西豆，运了千车，又运千车。万里平原秋色佳。

（1970年）

这首小词，记下他离开城市后度过的最难忘的重阳节。一月当空，映照着门前的芦荻花，好一幅美妙的重阳夜景。词上阕写秋色夜景，下阕写红芋丰收，大豆丰收。作者亲睹苏北大平原的丰收景象，于是欣然以“万里平原秋色佳”赞颂之。有诗道同仁这样评赞：“上阕当同杜甫《秋兴》八首之三并读，下阕寓有人民事业无穷，前途无限美好之意。”

刘桥不仅是景美，人也可亲。记1973年秋夜与老农刘中满老爹看场的五首《刘桥作》：

秋云欲暮月初黄，风过刘桥谷穗香。
七十老爹真可敬，不辞辛苦又扬场。

我向老爹学扬场，金黄谷粒汗凝香，
手中不懈仓中满，杂念私心一扫光。

年年颗粒总归仓，此日更须“广积粮”。
几度场边勤拾取，一双茧手带泥香。

高粱穗簇珊瑚紫，晚稻镰开琥珀黄。
万斛千车凝汗水，从来茧手胜华章。

中满老爹来看场，愈觉满场秋风香。
我愿此身化黍稷，再打千堆万担粮。

这一组诗写刘桥老农珍惜粮食，颗粒归仓的好品质，也写出作者自己受到的“再教育”。语句通俗明白，用词精当，很有特色，色彩明丽，形象丰满，“茧手胜华章”五字将深深刻在读者心上。有人评赞这组诗是单人耘和夫人孙淑娟两位老师到农村劳动锻炼、学习的主题歌。单老非常满意自己用地道的词语，道出了“劳动创造文化”的真谛。此诗对农民劳动的礼赞，至高至诚，堪称经典。

## 二

单人耘教授性情豁达，热爱生活，下放苏北农村，不以地偏而感寂寞，乃因心境使然，居在乡间也有多彩生活。

与邻村花园大队的别直庵老画师交往让他津津乐道，并诗兴大发。其时别姓老人已八十多岁。早年在扬州裱画，亦能画。作者一再赠诗给这位老人，试读《重赠别直庵老画师》五首：

> 一路春风到别庄，河泥黝黑菜花黄。
> 不须展看村翁画，为爱社员汗水香。

作者到别直庵老人住的村庄，“一路春风”，大有“他乡遇故知”之悦。途中看到社员们正在挖取黝黑的河泥作肥料，田里的菜花盛开，一片金黄。作者原是为看别直庵的画而来的，而后两句却说，村翁的画（指别老的画）暂时不看了，途中社员们流汗溢香的劳动场景就是最美的图画啊。诗人有一双发现美的眼睛，才会发现生活中的美。

八六高龄老画师，画仙画佛画松枝。
而今淮北风光好，要画千群春种时。

当风吴带翁能画，出水曹衣我岂谙？
此日创新须革旧，安东艺术好同探。

烟岚涂抹忆童年，墨守成规究可怜。
我欲因之重学习，平原风貌画当前。

这3首为具体谈画艺的诗，别老画师早年能画仙画佛画山水。但诗人以为缺乏时代色彩，因此建议重新学习笔墨，力促创新，以表现当前农村的春耕春种的劳动场景。这观点显然有受20世纪60年代名震一时的“笔墨当随时代”的金陵画派影响，更有“文化大革命”中“左”的文艺理论影响。艺术贵在创新没错，但从诗中看否定多于肯定，恐非诗人心中之言，看得出诗人是全心全意接受再教育，力争跟上当时的形势。是非无需辩否，但诗人的真诚和对劳动人民的热爱难能可贵。

矍铄乡村一画翁，交谈看字耳全聋。
裱帧园艺谁承继？笑指儿孙爱务农。

作者对这位老人的装裱和制作盆景的技艺传承十分关心。这位乡村老画翁虽精神健旺，但还是老了，耳朵聋了，装裱字画和作盆景的传统技艺由谁继承？在“文化大革命”的年代，这个问题谁能回答上？别画师只好自嘲，幽默，不说没有人继承他的技艺，却说儿孙们都爱种庄稼。劳动固然光荣，文化难道是多余的累赘，一个“笑”字，妙，大白话，这是苦恼的笑，辛酸的笑，虽然不论时政，但诗句中还是留下历史的困惑和惆怅。忠实的诗人为后人保存了当时真实的生活和思想，也看出诗人温柔敦厚，虔诚地追随时代的心情，同时，还具体地描绘了一位艺术造诣很高的民间画师。可惜，我们地方至今对别老画师还不甚了解。

诗记录当时生活状况的还有《菩萨蛮　过小堰练兵场》的“连阡接陌苕花紫，蜜蜂蝴蝶翩翩舞……麦垛垒金山，今朝中几环？”小中见大，从一个侧面民兵训练，写出了苏北“村村农事急，‘劳武’书墙壁”。小堰应为小埝，是个村名。风光，人物，小词写得很有情趣有美感，精致，富有文采。

诗人善于从生活中的平凡事中发现耐人寻味、启迪人生的哲理。在《陌上逢刘宝爷》中我们欣喜地品读诗人的睿智：

黍麦青青原上春，刘桥朝雨浥轻尘。
信知百事雍容好，缓步应师牵牯人。

刘宝爷年轻时，撩泥潭，其右臂折残。生产队耕牛受阉后，须人牵之行走三昼夜不停，刀口始愈。刘宝爷臂虽残，却有耐心。作者在“浥轻尘”的早晨遇到了刘宝爷，牵着被阉的小牯牛在洁净清爽的田间小路上缓行。此情此景，作者感受颇深：人们对待任何事情，都要像这位牵牛人从容不迫、雍容大度、不急不躁，能包容一切，这是对待世间遇到不满意的事的态度，这也是小我的无奈，何尝又不是作者面对无法理解的时代，此时此地的心态。

## 三

1975 年诗人回城到南京后，还常思念刘桥，每忆起那里的人和农事，乃至四时转换，便魂牵梦萦，终生难忘。他写了在六十五首抒发自己对第二故乡的情怀。《忆刘桥》是一幅 20 世纪 70 年代苏北农村生活的全景式长卷，如此深入全面地描写乡村的风俗画，在诗史上是否是创先？暂时不议，我们还是欣赏几首：

我忆刘桥路，秋来黍稷香。战斗农歌好，原上白云忙。

诗人在此篇的第一首诗中，用“黍稷香”、“白云忙”绘出了一幅歌颂农村生产丰收的热烈景象。农民为丰收劳作忙碌，连天上的白云也被带动起来，农民忙，白云也忙，人走，就好像白云也走，想象丰富。刘桥路，也可说是诗人的人生道路。作为一名知识分子，被赶下讲坛，全家下放劳动，却没有为此懊恼，而是积极参加劳动锻炼，与农民打成一片，感悟人生，哪有什么小资情调可哀叹？把自己融入农民中，全身心融入劳动的喜悦中，真难能可贵。

**我忆刘桥麦，青青覆垅密。一雨齐伸腰，社员喜洋溢。**

诗人记得当春分时节，麦苗得春雨滋润，拔节旺长就想到社员们盼望丰收的喜悦，下笔也轻松。“一雨齐伸腰”，十分形象拟人化的写法。“伸腰”，是诗人在刘桥学到的社员们把麦苗拔节说成“麦子撑腰了”的生动语言。这是作者向劳动人民学习言语，留心农事生产的一例。

**我忆刘桥豆，丛丛出秸行。封阴锄不动，挂荚待金黄。**

作者回忆刘桥黄豆与玉米间种，生长茂盛的景象。当地称玉米为秸头（棒头），当玉米黄豆已经封行，黄豆挂荚，玉米结棒，农民不便也不必中耕锄草，只需要加强管理，等待丰收。当地农民把黄豆结荚称为“挂牌”，诗人写为“挂荚”，既是平仄的需要，也是对农作一定生长时间的更形象的通称。农民群众的语言是丰富、生动的，也充分证明生活是创作的源泉。

我忆刘桥冬，社房响霜钟。两儿齐起床，队长喊上工。

我忆刘桥霜，原野展银装。凌寒拾粪人，挎臂有浅筐。

冬天，是农村休闲之时。人民公社化以后，农村的冬闲变成了冬忙，农民在冬天也要上工干活，而且上工的时间很早。太阳未出，队长就敲响霜钟，沿村喊社员上工了。大人要上工，少儿也得跟着大人一齐来上工，趣味盎然，也仿佛看到作者两小儿的憨态可掬。还有苏北平原早上拾粪的小景，这纪实的小诗，读来生活气息极浓，很有趣味。

我忆刘桥牛，三五系社房。反刍讷不语，要待春耕忙。

诗人赞美刘桥的牛，实是赞美农人像耕牛那样，辛苦一年又一年，默默耕耘贡献，也是诗人表达自己“俯首甘为孺子牛”、“为民服务”、“以农为师”的心情。“反刍讷不语”一句，拟人化，很形象。明白如话，音调响亮，如历其境，如闻其声。

单老到刘桥务农数年，与农民相处融洽，感情深厚。刘桥的路、牛、麦、黍稷、豆、瓜、酒、竹、花、草、冬、霜、雪、灶，等等，无不忆及，无不凝聚着诗人的真挚感情。他对刘桥老农的形象精心塑造，对一个村庄如此地精雕细琢，一唱一咏，反映刘桥题材的作品既多且精，《忆刘桥》（65首录18首）；词有《点绛唇　老农》、《如梦令　刘桥》、《水龙吟　梦刘桥略用东坡小舟横截韵》等；另有不标明刘桥字样的作品，如《仿王荆公六言》等，共有百首之多。其作品思想淳朴，真诚、细腻，十分感人。精美清醇，媲美宋词，为中华咏农诗库增添了新的华章。

（原载《安东文化研究》2012年第1期）

# 奇文共欣赏　正因动人处

## ——《单人耘诗词选读》习后感怀

韩品贵

余为涟水县牌坊人，1946 年参加革命，辗转大江南北，新中国成立后分至南京扬子石化从事医务工作。平生业余喜好读诗，由于功底欠佳，颇少作诗，但喜欢诗；近日偶读单老大著《单人耘诗词选读》一书，佩服得五体投地，阅至欣赏与动情处不禁泪流满面，情不自禁。现将自己读后之肤浅体会作一记录，以求专家识者指正。

### 题　虎

猛虎立高岗，飞泉落九霄。
怒吼百兽惊，咆哮千山摇。

（1939 年）

这是一首题画诗，诗人当时只有 12 岁，在江浦桥林小学读五年级。临摹一幅小画——“虎”，并题诗一首，很有深意。

新中国成立前的旧中国自 1840 年鸦片战争开始的一百

年来，是一部饱受侵略的屈辱史，被西方列强贬称为：“东亚病夫”。

1938年是中国人民全民抗战进入第二个年头，同仇敌忾，到处打击日寇，大长全国人民志气。就在此时，诗人年纪虽小，却站在时代前列，以敏锐的目光，犀利的笔触，写出时代最强音，“东方睡狮已醒”，正以猛虎姿态立于世界之林。诗的前两句：“猛虎立山岗，飞泉落九霄。”显出山高虎威；后两句：“怒吼百兽惊，咆哮千山摇。”更显出虎威虎势，锐不可挡！

作者生于丙寅年（1926年），属虎，画虎，咏虎，真是“虎虎生威、虎气可佳”。自古英雄出少年。

正如有个诗评者所说：“雄踞高岗，威震寰宇，华夏儿女，浩然之气也。”可谓“后生可畏”由此可见。

## 战马咏

皓月清风夜，振辔独长鸣。
将军宴未醒，江南寇如林。

（1939年）

这是一首诗、也是一篇檄文、是对那些消极抗战和投降主义者的一种讨伐。

诗的第一、第二句“皓月清风夜，振辔独长鸣。”是说战马也在发出怒吼，鸣不平。将军们啊！你们还能算是军人，算得上将军吗？不！什么都不是，连禽兽都不如，你们是一群败类！当时，一个五年级小学生，思想境界达到如此高度，说明中国儿童在潜意识里有正义感和爱国情怀，难能可贵！今天看来，仍是年轻人的榜样。

第三、第四句“将军宴未醒，江南寇如林。”说江南已经敌寇如林，这些将军们还在醉生梦死、饮酒作乐、置人民死活于不顾。

## 写　愤

习字惭鹅换，读书愧囊萤。
思将天上月，劈看小园星。

（1942年）

孔子说：“不愤不启、不悱不发。”作者深解其意：自己感觉不满足努力去做谓之愤”，想说而不能确当地说出来谓之“悱”。所以作者决心以先贤为榜样，用习字鹅换，囊萤读书的精神、克服困难、刻苦学习。

后两句是说的学习方法，即学习中遇到难题，不要着急、仰头星空、深思片刻，有时会顿悟之感。

（思：思考难题；劈：劈面对着而非劈开。）

## 画　梅

我画梅花瘦，迟明画梅肥。
肥瘦俱有态，不畏北风吹。

（1946 年）

肥瘦俱有态，无分伯仲，但都把梅花不畏严寒的风骨画出来了。不抬高自己、不贬低别人，能以欣赏态度对待别人作品，一改“文人相轻”的陋习。说明小小年纪作者诗品人品都堪称典范。

## 秋收　刘桥作

高粱穗簇珊瑚紫，晚稻镰开琥珀黄。
万斛千车凝汗水，从来茧手胜华章。

（1973 年）

珊瑚紫、琥珀黄，把农村的丰收景象写得如诗如画。“从来茧手胜华章”真乃神来之笔。是对农民的最高赞誉。

## 点绛唇　刘桥老农颂

桑竹清阴，老农披褐来行走。风神抖擞，是我知心友。
一盏甜浆，且润微干口。拊其肘，情深语久，相送几回首。

（1974 年）

这首词写得真美。老农披着粗布衣服来串门，他们常来常往，很随便，都是老朋友了，没有特别招待，一杯糖水，先润润口，坐下来，慢慢谈。

“拊其肘，情深语久”，这几个字很传神。“拊其肘”表明亲密无间。“情深语久”很得体，情深才能语久，语久必定情深。

20 世纪 60~70 年代，作者下放农村和农民建立了深厚感情，对农民诚心，农民也对你贴心，是真正心与心的交流。知识分子做到这样不容易。

### 忆刘桥　十首选五首

我忆刘桥麦，青青覆垅密。
一雨齐伸腰，社员喜洋溢。

我忆刘桥瓜，瓜垂刘宝家。
墙头有枣树，簌簌落轻花。

我忆刘桥冬，社房响霜钟。
两儿齐起床，队长喊上工。

我忆刘桥酒，一斤八角三。
王非来酣饮，不嫌山芋干。

（王非：乃作者同事之子，也是作者儿子同学。）

（山芋干：酒是当地山芋干酿制，价格便宜。）

我忆刘桥牛，三五系社房。
反刍讷不语，要待春耕忙。

1969年，作者全家下放苏北农村涟水县东胡集刘桥6年，回宁后仍思念刘桥，他爱农村一草一木、因而有此佳作。在此期间，诗人作诗65首，选10首，这里从10首中选5首。

诗句平实如话，读来朗朗上口，诗情画意，尽在其中。

## 春荒悯农谣　三首

《春荒悯农谣》是1941年春，作者应父亲的朋友桥林镇李荫南医生命题而作。作者年仅15岁，才思敏捷，聪慧过人，依题构思，根据当时所住杨家墩农家所见所闻，一口气作了3首。

其一

粮无隔宿箪瓢空，儿女嗷嘈到处同。

日日垄头频自祷，苍天许我稻粱丰。

吃不饱已至断粮，儿哭女号，父母心碎。无可奈只能求助苍天，听天由命。

其二

妻叹儿号可奈何，东挪西借费张罗。
试看今日垄上麦，他时熟处已无多。

妻叹儿号，实在无助，只有到处张罗借高利贷。高利贷是陷井，一旦陷进去，利滚利，越滚越多，收获的粮食，还债以后所剩无几，所以说“试看今日垅上麦，他时熟处已无多”。

其三

去年大田被水淹，今岁春荒改麦田。
种得麦来田更瘦，秋收能得几箩籼?

去年大水，水稻未能及时播种，今春改种麦子，也比正常年份减产，所以说“秋收能得几箩籼”？

以上3首悯农谣，是那个年代贫苦农民生活的真实写照：“箪瓢空”、“到处同”、“费张罗”、“已无多”、“几箩籼”。字字含情，字字含泪，让人心酸。

一个15岁的少年，对贫苦农民的悲惨生活了解得如此深刻，分析得如此透彻，难能可贵，乃神童也，令人赞叹！

### 台城柳

笼烟拂水总多情，一角荒城自送迎。
纵有风流千万种，争知泪眼不曾晴。

（1963年）

（“争”近“怎”，“晴”作“乾”解。）

注：晚唐诗人韦庄写过一首《台城柳》：

江雨霏霏江草齐，六朝如梦鸟空啼。
无情最是台城柳，依旧烟笼十里堤。

韦诗具有讽意，单诗有感而发。历史车轮滚滚，沧桑巨变，物是人非，不管你多么富有，多么位高权重，都被历史抛在后头。历史就这么无情。所以说“一角荒城自送迎”。

要说有情，就数“台城柳”最有情。不是嘛！千百年来只有台城柳郁郁葱葱，繁衍不息，见证了人间喜怒哀乐，当然也有破涕为笑的时候嘛！所以说“争知泪眼不曾晴”。

### 绝　句

江南三月雨霏霏，岸草欲牵水荇肥。

日暮风斜花湿处，啣泥燕子一双归。

（1964 年）

这首小诗写得很美，第一、第二句写景，三四句寓情。

江南三四月份，细雨霏霏，岸边水草长势茂盛，在傍晚时分，含泥筑巢的燕子，比翼双飞，回到他们的爱巢。

这首景美情浓的小诗，因其节奏明快，意境很美。所以作者常书赠将成眷属的年轻人。据说还有不少老年伉俪登门索求此诗，作为珍品收藏。

此诗造句生动，优美，有人评论，有如唐诗王维“诗中有画，画中有诗”。

## 游燕子矶

结得烟霞侣，来登江上亭。
涛声入耳壮，松影照眉青。
应识甄陶乐，俱忘案牍形。
何时随杖履，更叩北山灵。

（1963 年）

（烟霞侣：作者与李思谦先生同游燕子矶，二人都爱好烟霞泉石，故称烟霞侣。）

（甄陶：制作陶器，引伸为培养人才。二人都是中学老师。

而李思谦先生又曾经是作者的中学老师。）

（案牍：公事文书，此处指备课和批改作业。语出刘禹锡《陋室铭》“无案牍之劳形”。）

首联是说与李思谦先生结伴游江上亭（燕子矶），颔联写景——涛声和松影。颈联写二位老师敬业精神——桃李满天下，何惧“案牍劳形”。尾联写得最感人“何时随杖履，更叩北山灵”。“杖”，乃拐杖。“履”者鞋也。“随杖履”，就是要亲自陪伴老师再游北山（紫金山）。尊师爱老之情，跃然纸上，这给年轻人做出了榜样。

## 黄山杂咏三十首选五首

### 猴子观海

云海山前涌，神猴峰顶坐。
太平终可见，一喝千层破。

（1976年）

前两句把波澜壮阔的云海和泰然自若的“猴态”生动地展现在读者面前。第三、第四句“太平终可见，一喝千层破”语意双关。云开雾散总有时，太平县就在山下，总能看到。但渴望太平，是人类本性，希望神猴“一喝千层破”，早见太平。

作者1976年8月去黄山旅游，当时正是四人帮横行，激起全国人民反抗，此诗有预言含义，不言而喻。

### 仙人晒鞋

常在海边走，仙人也湿鞋。
一双云外晒，千载不收回。

诗的前两句是从俗语“常在河边走，怎能不湿鞋”联想而来，只改一个字。“河”改成“海”，此海乃云海也。

后两句：“一双云外晒，千载不收回。”何故？是忘记了吗？非也！俗话说：“天上一瞬间，人间已千年。”说明良辰易逝，苦日难熬。

### 仙人晒靴

大仙晒靴底，赤脚人间去。
秧田新落谷，也教春泥护。

中国是农业大国，农业兴盛，人民基本生活才有保障。中国生机勃勃的农业生产，感动上苍，连神仙也来参加农业生产劳动。而且是迫不及待，晒靴于不顾，赤脚而来，又称赤脚大仙。作者目睹农业兴盛，乃有感而发。

### 飞来石

石从何处来？飞自王母宴。

本是一蟠桃，当面看不见。

（飞来石：侧面看为蟠桃。）

此石既然是来王母宴的蟠桃，怎么当面看不像呢？从侧面再一看，却是一个硕大无比的蟠桃。这就给人们提示一个哲理：看问题要多方位，多角度，才能看清事物的本质，这与苏东坡“横看成岭侧成峰”乃异曲同工。

### 翡翠池

翡翠池光闪，粼粼最爱人。

任凭穿石力，得泻古谭春。

黄山翡翠池很美，讨人喜爱。但非一朝一夕形成。亿万年来水滴石穿风锤雨炼——“但凭穿石力，得泻古潭春。”

此诗蕴含哲理，寓意深刻，催人奋进。

这首诗被南京农业大学附小作为阅读教材。以诗育人，可喜可贺。

## 当涂作　二首

我与李太白，爱月是本性。
但得弯弯镰，不必团团镜。

君邀明月醉，我邀明月睡。
一睡胜千醉，秋星万点媚。

（1992年）

第一首诗，点明作者和李白都爱月，爱月是人类本性，但各有偏好。李白爱满月，月明如镜，对酒当歌。而作者偏爱弯月如镰，镰乃农民不可缺少的生产工具，作者爱农之心随处可见。

第二首诗对人生更具启迪性。李白是月不离酒，酒不离月。他的很多诗是从月写到酒，从酒写到月。名篇《将进酒》“人生得意须尽欢，莫使金樽空对月”就是明证。

而作者说“我邀明月睡，一睡胜千醉”，富于哲理，启迪人生。酒偶尔饮之未尝不可，但不能常饮，更不能醉。醉酒伤身伤志，不可取。李白在同一篇《将进酒》中：“钟鼓馔玉不足贵，但愿长醉不愿醒。”可见李白是借酒消愁愁更愁。只解决一时，不能长久。

李白是伟大的诗人，很有才气，为奸相李林甫所谗而不得志，他的遭遇是时代的悲哀。

而作者是新中国新时代的诗人，他这两首小诗，不但显出他的才气才思，而且阐发了一个永恒的真理，即是从月虽落去，而剩下的满天星斗更加明亮这一现象，可以悟出人世间所有伟大的奇迹都是群体大众所创造的，可引伸为任何人都不要自以为高明，群众才是真正英雄，“秋星万点媚”么！

2013 年 10 月日于南京扬子石化

# 读后品评

## 抬头惊见有奇峰，此山不与它山同

### ——《单人耘咏农诗词三百首》学习体会

南京农业大学人文学院博士　胡文亮

“风风雨雨诗心浓，愿如摄山秋叶红。昨向天开岩下过，难忘石畔两三枫。”这是单老先生1984年54岁时的赏景之作，但笔者惊讶地发现，站在笔者的角度仔细琢磨，这首看似不经意的七绝《书后》，酷似单老先生大半生的真实写照。

“风风雨雨”比喻的是单老先生几十年的坎坷经历，既形象，又概括；“诗心浓”反映的是单老先生的一颗诗人之心历久弥坚；而“两三枫”呢？对应的则是单老先生慷慨示人的三大墨宝：诗词、书法、绘画。只是单老先生此时就是做梦也想不到他的“两三枫”作为惊鸿一瞥必须在20年之后。人说“造化弄人”，笔者却认为“造化有时也成全人”，长期守望，单老先生不是看到这一天了吗?

至于单老先生三大墨宝之一的近两千首诗词，这些诗词中的精品——300首咏农诗词，则因为单老先生长期扎根生活的土壤。由这样的土壤培育出的作品自然散发浓郁的乡村气息，又因为单老先生创作的田园诗、山水诗、歌唱“三农”的诗，贴近生活、贴近时代、贴近农民，单老先生的爱农诗以其独树一帜，以其前所未有的数量级，以其源自大爱而焕发出的亮丽之色，赢得了越来越多的读者喜爱。这让笔者想起了《诗经》。《诗经》流传至今已5 000年，其中的《硕鼠》、《伐檀》、《七月》是文学经典作品，是反映民间疾苦、农事习俗，坚持人民性，是与时代的脉搏共跃动的。单老先生的“诗三百”是反映近现代农民疾苦、农村状况的，也有强烈的时代感、人民性。会不会流芳百世、泽惠后人呢？ 今天，单先生的“诗三百”已有名家举荐，已有地方学校宣教，苗头可喜，趋势可贺。

神游《单人耘咏农诗词三百首》，笔者也跃跃然。今择其7首，探其渊源所自，亮其传神所在，品其构思之美，示其运笔之妙。以个人一隅之见，就教于当代同好者。

## 一、只因心中有不平，仰天诘问为其鸣

15岁，花样年华，天真少年。若问社会民情，多数不知；提起经世致用，一脸茫然。同是15岁，单老先生其时已具家国情怀，万众疾苦已经历历在心了。有诗为证：

### 农　夫

烟蓑雨笠不离身，早起迟眠历苦辛。
谁使农夫饥饿甚？一犁养活半城人。

（1941年）

优秀诗歌的特点往往起笔就不凡。中国画讲究绘其形传其神，中国的古典诗词又何尝不是在追求这一效果呢？单老先生是诗人，也是画家，他借助中国画白描的手法，抓住描写对象雨天时的服饰特征，以“烟蓑雨笠”再缀上“不离身”，就勾勒出人物的基本形象，只此一笔，人物“活”了起来。第二句，再补一笔，穷尽农夫的辛苦。第三句，对天一问，响彻寰宇，愤愤不平，直刺当世。第四句，鼓乐齐奏，主题亮相：农夫，乃全社会的养命恩人啊！感激之情直抒胸臆；有此一叹，震古烁今。

短短四句诗，描写、叙述、议论、抒情、各种手段，

悉数上场；白描、铺垫、设问、对比，诸种艺术手段有序借用：体现了少年时的单老先生熟练的语言驾驭能力和独特的艺术表现能力，使笔下塑造的人物形象富有感染力，让全诗表达的爱憎情感分明、充沛，极有震撼性。

## 二、拜读今日“悯农”诗，落笔竟在少年时

古有唐人《悯农》，“锄禾日当午，汗滴禾下土。谁知盘中餐，粒粒皆辛苦。”无独有偶，单老先生15岁时也写有“悯农”诗，请看：

### 春荒悯农谣

——桥林镇李荫南医生命题

粮无隔宿箪瓢空，儿女嗷嘈到处同。
日日垅头频自祷：苍天许我稻粱丰！

妻叹儿号可奈何？东挪西借费张罗。
试看今春垄上麦，他时熟处已无多。

去年水大田被淹，今岁春荒改麦田。
种得麦来田更瘦，秋收能得几箩秈？

（1941年）

唐人的《悯农》属经典之作，意在赞美劳动人民、揭示粮食来之不易的朴素道理。单老先生的悯农诗属同题创新之作，由于单老先生自小深受传统文化的熏陶，故而在反映农民无助的呻吟方面，在愤懑不平巨大情感的流露方面，其以形象的文字表现现实，无不具有古仁人之遗风。

如果有心比较一下前后两首悯农诗，就会发现有趣的相同点与相异处深蕴其间。试析如下。

1. 两诗有一个相同点，都紧扣了一个“悯”字展开，妙又妙在通篇之内不留该字的痕迹。所谓“不着一字，尽得风流”，是也。

2. 两诗虽然都紧扣一个“悯”字展开，但在“悯”字的具体阐释方面有较大的不同。唐人的《悯农》观察点在“辛苦”二字：“锄禾日当午，汗滴禾下土”，单老先生的悯农诗着力处在“艰难”二字，“粮无隔宿箪瓢空，儿女嗷嘈到处同”、“妻叹儿号可奈何？东挪西借费张罗”、“种得麦来田更瘦，秋收能得几箩釉？”所谓“悯”者，哀怜也、据此而论，后者对“悯”字的理解似更贴切，更到位，也更能引起读者的恻隐之心。

如果再从创新的角度讲，单老先生的诗取材新颖，构思独特，一唱三叹，忧深虑沉，足见单老先生少年时一片纯真即能谙得个中三昧。

需要补充一笔的是，单老先生在审核拙作的初稿时，语重心长地告知："唐人李绅是凿开《悯农》这一题材先河的中国第一人，中国古代文化遗产很多，这样的题材也是遗产之一，这里有一个继承和发扬的问题，我创作《悯农谣》，其源盖出于此。恭录。"

## 三、仰天长啸望甘霖，披肝沥胆见其心

"诗言志"。不平则鸣。

16 岁时的单老先生写下了一首古体诗《感慨歌赠张恕、天俦》，诗里坦陈了自己可贵的志。请看：

### 感慨歌赠张恕、天俦

男儿当以身许国，何为伏枥只太息？
仰天长啸天应怒，低眉揾泪有不屑！
君家兄弟最关情，慰我寂寥伴我吟。
五月骄阳苦相炙，江乡处处望甘霖。
来朝一笑投毫起，看我直入风云里。
矫然飞翥化神龙，下向九州散作雨。
此雨既可活稻禾，又可烹茶煎碧螺。
君若饮之文气足，滔滔下笔似江河。
吁嗟乎，奈我不化龙雨何！

（1942 年）

何谓古体诗？古体诗是相对于近体诗如七律、七绝、五律、五绝而言，是古代诗人创作的不受句数平仄限制的也有节奏、音乐之美的诗歌。李白、杜甫都有古体诗创作，如李白的名篇《梦游天姥吟留别》、《将进酒》，杜甫的名篇《三吏》、《三别》等。

单老此诗的第一句"男儿当以身许国"就是诗人所言之志，起笔极有气势，极有男儿豪情，它是全诗的诗眼，位居全诗要津，有关它的旨义也贯穿了全诗。

诗歌的深入展开是从问题的出现开始的。"五月骄阳苦相炙，江乡处处望甘霖"，急天下人之所急的单老先生内心如炙，情急之中他想到了民间传说中能够呼风唤雨的神龙，他盼望自己有此能耐，化身为龙，解民倒悬，化凶为吉，他写道："来朝一笑投毫起，看我直入风云里。矫然飞翥化神龙，下向九州散作雨"，有雨之后呢？他希望给乡民带来福祉："此雨既可活稻禾，又可烹茶煎碧螺。"他还希望给朋友张恕、天俦带来写作上的文气："君若饮之文气足，滔滔下笔似江河。"由此可以看出，16岁的单老先生即以脱去了稚气，心中装的是国家、人民。他的一片丹心，一片赤诚，可歌可泣；他对朋友，至纯至诚，一至于此，可亲可敬。

单老先生的诗有时采用现实主义手法，有时采用浪漫主义手法，仔细考量，大概与其内容的选择和情感的抒发相关。以本诗为例，本诗采用了浪漫主义手法，使得全诗的诗风雄健、豪放，表现的背景格外开阔，上天下地极有气魄，而情感的流露又因为直抒胸臆，体现了诚与真、深与厚，至于诗人的浪漫主义情怀，人道主义精神、高尚的爱农思想，同样因为浪漫主义手法的巧妙借用而得以最大程度的展示。

## 四、人间处处皆有美，触景生情添回味

德国著名雕塑家罗丹有句名言：美是无所不在的，对于我们的眼睛，不是缺少美，而是缺少发现。

发现美，并以灵动的心去感受美，以艺术的笔去再现美，这是一切艺术人士自觉的责任，在这责任的背后有时也发出咏叹，这咏叹往往隐含着一般读者不易察觉的深长意味。

1943 年，单老先生 17 岁创作了五言律诗《野行》，在结尾的抒情部分里，就隐含着格外的深长意味。请看：

### 野　行

野行三四里，一路菜花香。雨细春衫湿，风斜乳燕忙。
小桥通活水，新竹护村庄。览物多惭愧，少年当自强。

（1943 年）

全诗共四联。首联“野行三四里，一路菜花香”，其间的“香”字妙绝，单老先生以嗅觉的感知描绘了家乡美的画面；颔联“雨细春衫湿，风斜乳燕忙”，“细”、“斜”是雨和风的形态，“湿”、“忙”是人和物的动态，单老先生以视觉的感知描绘了自然美的画面；颈联“小桥通活水，新竹护村庄”，一个“通”，一个“护”，完全是拟人的手法，单老先生以听觉的感知再现了“小桥流水人家”的田园风貌。三幅画面生机盎然，一幅比一幅清新，一幅比一幅优雅，充满了泥土气息、自然气息、乡村气息，让人感动：劳动创造了美，劳动创造了眼前动人的和谐世界。至此，诗情已臻高潮，诗人笔锋一转，以咏叹的方式推出尾联：“览物多惭愧，少年当自强。”

如何理解尾联的深长意味呢？

单老先生告诉笔者。1943年，日寇在中华大地上杀我同胞，不断作恶，血性的中国青少年谁能忍受？谁能坐视？于是这一时期的单先生创作的一批诗歌，反映了激烈的内心世界，如1941年创作的《冬夜》，其中，有“莫谓衾衫冷，干戈正四围”，1942年创作的《春晓弄笛》，其中，有“环境如斯当奋起，甘为蠹卷一书虫？”1943年创作的《春雨行》，其中有“我生年十七，读书只自欺。铁骑踏故乡，乡民苦流离。”对照起来看，“览物多惭愧，少年当自强”，表达的是同一个声音：“天下兴亡，匹夫有责。”

单老先生从小仰慕民族英雄岳飞，一首《满江红》总在胸中激荡，而今“少年当自强”，慷慨抒悲歌，仔细听来，有金石落地之声，仔细品评，是踔厉风发之志……

也许有人据此以为这首诗前六句写美景，叫人赏心悦目，心旌摇荡，后两句读来忧愤填膺，情感过于沉重，前后风格不够协调。

其实不然。前六句写的是故乡之美、家园之美、山河之美，后两句表达的是敌人可恶、可恨，要保卫家园，“少年当自强”，这体现的不正是人格之美、人性之美吗？所以，单老先生的这首诗恰恰是自然之美、家园之美与人格之美、人性之美高度统一的典范之作，结尾乃画龙点睛，突出了主题，深化了全诗的思想意义。

## 五、俗到极处是大雅，会当传世留佳话

作品能否传世，取决于它是否具有人民性。这也可以解释，为什么民谣、歌谣、通俗民歌在雅人们看来是俗，但是它们的生命力要远胜专家学者们评出的专著，还可以这句名言来印证：“作品传世的长度、广度与深度，取决于人民喜爱的程度。”

拜读《单人耘咏农诗词三百首》，其中有一组诗印象尤为深刻，因为爱不释手，便有了如下结论：全诗明白如话，可总觉其兼具匠心；轻松活泼是主基调，朗朗上口是其特

色；点点染染处引人遐思，快快乐乐中听得见涓涓童心在流淌。这让我想起了王安石的名句："看似寻常最奇崛，成如容易却艰辛。"请看：

## 题迟明画鱼　四则

姑溪水，好养鱼；姑溪田，产稻米；
姑溪人，心欢喜。写入画图里，丰收锣鼓起。
姑溪产鱼，迟明写鱼，何老赏鱼，人耘想鱼。
画得池中鲤，持赠座上宾。若言鱼肥美，当谢养鱼人。
画鱼须画波，鳞鳍方欲活。浮动萍藻中，如闻声唼唼。

（1974 年）

先看第一则："姑溪水，好养鱼；姑溪田，产稻米；姑溪人，心欢喜。写入画图里，丰收锣鼓起。"好轻松，好活泼，乡民们心里好惬意，读起来音节明快、朗朗上口，水、田、鱼、米、人、锣鼓，感染一大片。

第二则："姑溪产鱼，迟明写鱼，何老赏鱼，人耘想鱼。"从姑溪的鱼写到三个人，三个艺术见长的人，何以如此判断？三个人，三种妙不可言的神态，根据在哪里？三个人的背面是大片的空白，留给想象的空间甚大，可咀嚼，可思考，可续写……还有，此诗四句中的第三字用韵：

“产”、“写”、“赏”、“想”四字用韵相近，读之响亮，增强韵味。而这样用韵是来自《诗经》的句中用韵。用字造句看似不经意，实则是其功力深邃之处，能融俗为雅，才能取得“古为今用”之效。

第三则：“画得池中鲤，持赠座上宾。若言鱼肥美，当谢养鱼人。”单老先生进行诗歌创作时总是眼中有物，胸中有人，这人是农夫，或是渔夫，或是樵夫……大多是劳动人民，单老先生与他们感情深厚，这可不是浮泛之词，单老先生与笔者谈起“文化大革命”，几度音容失色，言及当时精神几乎崩溃，直至下放农村，与淳朴善良的农民共处，精神才得以渐渐康复，故“当谢养鱼人”乃有感而发，是肺腑之言。

第四则：“画鱼须画波，鳞鳍方欲活。浮动萍藻中，如闻声唼唼。”先一点染，鱼“活”了起来，再一点染，鱼“动”了起来，整个画面充满生机，也调动了阅读者的想象审美情趣。诗人本是画家，点化技法出自本色，为全诗增添了趣味性。

这样的四则诗近乎儿歌，在雅人们的眼里可能不登大雅之堂，然而不要忘了，生活是创作的源泉。俗到极致即大雅，是否源远流长要看人民是否喜欢，除此标准再无例外。笔者相信，单老先生这《题迟明画鱼　四则》与《题虎》、《战马咏》、《画梅》等最适宜少年儿童学习的诗歌，

若能入选小学语文课本，一定会深受小学生们的欢迎，一定会迅速地传唱开来，产生永恒价值。

## 六、有此见识不寻常，从来茧手胜华章

人的一生谁不愿意顺风顺水“驾长风破万里浪”呢？但天意常又弄人，谁也无法拒绝逆境缠身，甚至在一个很长的时间内挥之不去。真的如此时，又该如何面对呢？单老先生的过往遭遇与积极的处世态度可以成为我们的借鉴。

“文化大革命”，风雨如晦，将帅蒙尘，知识分子遭难，单先生不能例外。1969年，43岁的单先生奉命举家北迁，从城市移至农村，蛰居江苏省涟水县刘桥大队，时间达6年之久。

面对突如其来的变故，许多人惊慌失措，单老先生却处之泰然。下放农村，就权当艺术家下基层采风，就权当体验生活、搜集创作素材。因其自幼就有农夫“一犁养活半城人”的认识，有此心态，单老先生真像一个游子回到家乡。尤为难得的是，下放期间与回城之后，单老先生的诗歌创作进入旺盛期，其中，《檀巷雨窗忆刘桥》计10首，《忆刘桥》计65首，几年后又创作了《梦刘桥》、《又梦刘桥》，从诗的内容看，刘桥是单老先生魂牵梦萦、牵肠挂肚的第二故乡了，农民、农村是他一生的不解情结。

正因为下放刘桥，正因为刘桥淳朴的农民给予深刻的

影响和教育，单老先生创作了一组在文学史上能留下大书一笔的好诗。请看：

**刘桥作**　记1973年秋夜与贫农刘中满老爹看场

秋云欲暮月初黄，风过刘桥谷穗香。
七十老爹真可敬，不辞辛苦又扬场。

我向老爹学扫场，金黄颗粒汗凝香。
手中不懈仓中满，杂念私心一扫光。

年年颗粒总归仓，此日更须“广积粮”。
几度场边勤拾取，一双茧手带泥香。

高粱穗簇珊瑚紫，晚稻镰开琥珀黄。
万斛千车凝汗水，从来茧手胜华章。

中满老爹来看场，愈觉满场秋风香，
我愿此身化黍稷，再打千堆万担粮！

这组诗五首20句，前几首语句自然，平铺直叙，一如八月十五的钱塘大潮，先时也是无波无浪，直至引力启动，方使出惊天手段，无风也起百尺狂澜，摄人心魄，终身不

忘。单老先生的诗至第4首直入佳境:“高粱穗簇珊瑚紫,晚稻镰开琥珀黄”,将高粱穗比作珊瑚,将晚稻比作琥珀,想象奇特,这是诗人在用人间最美的语汇来形容最可珍贵的劳动成果。经此铺垫,这里陡起澜涛:“万斛千车凝汗水,从来茧手胜华章”。种粮的全过程要付出巨大的汗水,万斛千车既有实指意味,也有虚指成分,因为种粮的过程中还有施肥、除虫、浇水等手段,从这个意义上说,农民辛苦,农民伟大,尤其是与那些专写华丽文章而缺乏真实内容的文章不同,诗人爆出绝响:“从来茧手胜华章!”这是真情之流露,也是对劳动人民作出至高无上的赞誉,古今诗人还未曾有过这样瑰丽、这样警策的句子。到了第五首,前两句气势稍作回收,而在末两句也是全诗的末尾,又掀起了一个全诗的高潮:“我愿此身化黍稷,再打千堆万担粮!”他想到农民伟大,自己有些汗颜,能做出怎样的贡献呢?诗人突然有了一个奇妙的设想,这一设想虽然不能实现,但他激昂高亢的声音,表达了一个自幼敬农、爱农,下放后又自觉务农、盼望兴农的知识分子的真实心声。同时,有此一笔,既反映了那个时代当下这个知识分子善良的内心世界,也升华出全诗的时代意义。真是好极了!

回头再读全诗,诗中“从来茧手胜华章”,实在是妙手独得,神来之笔,古所未有。单老先生下放6年,坚持创作,与农民朝夕相处,濡染日深,乃至灵感突发,有如神助，一句好诗从天而降，大放异彩。这句诗的思想性与艺术性决定了它在当代文学史上能具有经典性的地位。

## 七、不重珠玉重粮食，君子眼光胜当时

世上没有无缘无故的爱。

纵观单老先生的人生轨迹，笔者仿佛已看见悯农的身影，敬农的画面，爱农的赤诚，原因何在呢？当单老先生八十高寿时，他以诗言志，郑重地从正面作出了回答。请看：

鄙吝一除便不同，勺庐清气满寰中。
非珠非玉珍藏久，亦瑞亦祥亨运通。
自古仁人多在野，因知君子重耕农。
我年八十犹年少，华夏春酣万萼红。

这首诗引进了一个严肃也是永恒的话题：天下万物除人之外，最有价值的是什么？答案必定丰富多彩，因为仁者见仁，智者见智。在常人看来，珍珠、美玉、黄金、白银自是宝贝，抑或艺术品如书法、绘画、文物、古玩更值得收藏以便升值，世人一概想不到，身为书法大师国画名家的单老先生竟嗤之为“鄙吝”，他认为“鄙吝一除”，方能“清气满寰中”，目前社会嗜利的浊气太重，他认为最有价值之物“非珠非玉”，在他看来，“亦瑞亦祥”的宝贝非

它，乃粮食！可谓石破天惊吧？他明确指出："自古仁人多在野，因知君子重耕农"，这就是他半个多世纪以来悯农、敬农、爱农的原因所在。

单老先生以他80年的阅历，以他个人的特殊智慧，在向人们讲述了一个既深奥又浅显的真理：上层建筑如果没有坚实的经济作支撑，也仅是海市蜃楼而已。人类几千年的文明史已无数次地证明了这一点。

盛世危言，弥足珍贵，"三农"课题，意义非凡。"我年八十犹年少，华夏春酣万萼红"，八十老人尚且意气风发，后生我辈更应"少年当自强"，扬鞭自奋蹄。

以上所表达的是我个人的体认。稿成后向马万明老师请教，马老师说，单老先生所讲的"清气"应是"非珠非玉"、"亦瑞亦祥"之气。清气，这就是他在第五、第六句的观点，他自小就秉此观点："仁人多在野"、"君子重耕农"。这"气"，应是"气韵"、"气度"、"气概"、"气节"和"骨气"。这样解读比我的体认有根据，但不管怎样，此诗无疑地对急功近利者是一帖清凉剂。而耘者求仁，但问耕耘，必有收获。

## 结束语

一个问题萦绕在笔者心底：300首爱农诗对单老先生来

说意味着什么?

笔者试着回答：意味着单老先生当时生活的真实记录，意味着单老先生人生的几个阶段的思想反映，如果把300首爱农诗连缀起来看，意味着一个完整的不变的尊农爱农思想体系；它们对研究单老先生诗作来说太重要了，因为它们是构成单老先生爱国爱民人生的链条。

单人耘教授从15岁起创作《农夫》，为农夫塑像，为农民呐喊，到80岁时创作《八十自寿》，仍寄希望。“清气满寰中”、“君子重耕农”，再次阐明仁政是世间最宝贵的财富，“农夫是第一等人”的理念，半个多世纪，“农为邦本”是单老先生一以贯之的思想。

令人惊叹不已的是：坚持半个多世纪理念始终不动摇的这位老人，不是政治家，不是农学家，也不是农民，而是一个地地道道的艺术家，文史工作者，寓教于艺的好教师，一个在传统诗词书法绘画领域中取精用宏、融汇古今的爱农重教的艺术家。

我忽然明白了：单人耘老教授之所以受到越来越多相识与不相识人士的尊敬与爱戴，不断受到家乡、母校和国家的重视和褒扬，他的作品尤其是诗，可以“宣教当世，陶育后代”其根源即在于此——“诗人多爱国，贮美在心灵”。

2011年12月